Angela Troni

# Kater Anton und das Weihnachtsglück



GOLDMANN
Lesen erleben

*Buch*

Kater Anton reist nicht gerne, aber er freut sich auf das winterliche Dijon, wo seine Besitzerin Ella mit ihrem neuen Freund Xavier die Weihnachtsferien verbringen möchte. Sie wohnen ganz romantisch im hübschen Fachwerkhäuschen von Madame Bernard, die im Erdgeschoss eine Honigkuchenbäckerei betreibt, und genießen ihr Glück. Doch dann taucht der Anwalt Frédéric Burgoin auf, der den Laden für einen Großkunden aufkaufen soll, und bedroht die alte Dame. Zwei Tage später ist sie spurlos verschwunden und mit ihr das uralte Familienrezept. Ella und Xavier wollen die Bäckerei retten. Nur wie? Da tritt Kater Anton auf den Plan…

Informationen zu Angela Troni
sowie zu weiteren Titeln der Autorin
finden Sie am Ende des Buches.

Angela Troni

# Kater Anton und das Weihnachtsglück

Roman

GOLDMANN

Dieses Buch ist auch als E-Book erhältlich.

MIX
Papier aus verantwortungsvollen Quellen
FSC® C014496
FSC www.fsc.org

Verlagsgruppe Random House FSC® N001967

1. Auflage
Taschenbuchausgabe Dezember 2018

Umschlaggestaltung: UNO Werbeagentur München
Umschlagfoto: © Gettyimages/DigitalVision Vectors/friztin
Gettyimages/Photodisc/Life On White
Redaktion: Friederike Arnold
BH · Herstellung: kw
Satz: Uhl + Massopust, Aalen
Druck und Bindung: GGP Media GmbH, Pößneck
Printed in Germany
ISBN: 978-3-442-48843-8
www.goldmann-verlag.de

Besuchen Sie den Goldmann Verlag im Netz

*Für Jarvis, die alte Socke*

# 1

Den Blick fest auf seine Beute geheftet kauerte Kater Anton auf dem Bauch im Schnee und wartete auf den richtigen Moment. Die dicken Flocken, die wie an einer unsichtbaren Schnur vom Himmel fielen, kitzelten ihn nicht wie sonst an den Ohren und der Nasenspitze, so konzentriert war er.

Da! Seine Schwanzspitze zuckte, als der orangerote Leckerbissen wenige Zentimeter unter ihm vorbeischoss. Doch nur eine Sekunde später war er auch schon wieder verschwunden. Zu spät.

Der Kater veränderte seine Position, schob sich ein Stück nach vorne bis ganz an den Rand und duckte sich ins Schilf, die Augen zu Schlitzen verengt. Nur nichts überstürzen und bloß keinen Fehler machen, sonst musste er die vielversprechende Beute in seinen Träumen verspeisen.

Wie war das noch? *Alles kommt zu dem von selbst, der warten kann.*

Oh ja, Geduld ist eine Kunst, die kaum ein Lebewesen so gut beherrscht wie eine Katze. Menschen haben auf dem Gebiet eher wenig bis gar kein Talent, deshalb gewinnen Katzen auch jede Geduldsprobe und können sie hervorragend erziehen. Bettelnde Blicke zum Beispiel halten die meisten Zweibeiner nur schwer aus, schon gar nicht in Verbindung mit Schnurren, und anhaltendes Gemaunze um Viertel vor sechs morgens ertragen sie überhaupt nicht (dabei ist das schon spät). Genauso wenig wie kratzige Katzenzungen an der Fußsohle oder zärtliche Bisse in den großen Zeh. Das ist sozusagen wissenschaftlich erwiesen – in zahlreichen Studien am lebenden Objekt. Gegen einen ausgebufften Vierbeiner hat der Mensch keine Chance, und diesen Vorteil versteht jede Hauskatze für sich zu nutzen, vor allem wenn sie Hunger hat.

Da, wieder einer! Die Pupillen des Katers wurden groß, seine Augen waren nun schwarz und nicht mehr bernsteingelb, als er zum Sprung ansetzte und in einem perfekten Bogen aus seinem Versteck segelte. Statt seine Beute zu erwischen, landete er unsanft auf etwas Hartem, Nassem. Er versuchte, die Pfoten wieder unter Kontrolle zu bekommen, die in alle Himmelsrichtungen davonschlitterten, während ihn sein Hinterteil rechts überholte und er mit ganzer Wucht gegen den Steinfrosch prallte, aus dessen Maul im Sommer ein Wasserstrahl plätscherte. Empört versetzte Anton dem Ding einen Tatzenhieb, während der Goldfisch unter ihm unbeeindruckt weiter seine Bahnen zog.

Im Zickzack verfolgte der Kater den Fisch quer über den Gartenteich, wobei er immer wieder mit den Vorderpfoten auf der Eisfläche herumtrommelte. Er rutschte aus, landete auf der Nase und schüttelte die Schneekristalle aus dem Fell, um sofort wieder in Lauerstellung zu gehen. So schnell gab er nicht auf. Erneut passte er den richtigen Moment ab, setzte zum Sprung an und driftete gut eine Katzenlänge an seiner Beute vorbei. Immer wieder angelte er mit der Pfote nach dem Fisch, erwischte aber nichts als nassen Schnee. Der folgende Angriff war schon nicht mehr ganz so ungestüm, dennoch glitt Anton wie auf Kufen über die Eisfläche und drehte sich dabei einmal um die eigene Achse. Als er zurückrennen wollte, fanden seine Krallen nur schwer Halt, und der Versuch scheiterte kläglich, ebenso wie der nächste und der übernächste.

Mittlerweile war er pitschnass und fror. Der Schneefall war in Eisregen übergegangen, der unangenehm stach. Anton warf einen Blick zum Himmel und kniff die Augen zusammen. Winter – wer den Quatsch erfunden hatte, gehörte mit kaltem Wasser aus dem Gartenschlauch abgespritzt. So wie es Ella immer mit ihm machte, wenn er im Erdbeerbeet oder unter den Rosensträuchern nach Mäusen grub.

Ella. Sie war sein Lieblingsmensch, jedenfalls meistens, und seine Besitzerin. Sie war echt in Ordnung, von der Gartenschlauchnummer mal abgesehen. Ella konnte einen bei Bedarf ganz wunderbar hinter den Ohren kraulen und respektierte, dass er kein Schmusekater für die Couch war, sondern ein Alleingänger und Abenteurer. Genau genommen konnte einen niemand so gut hinter den Ohren kraulen wie Ella. Zielsicher fand sie jedes Mal die juckende Stelle und schubberte ihn dann ordentlich durch. Außerdem war sie mehr als großzügig, was das Füttern anging. Antons Napf war immer sehr gut gefüllt, an Essen mangelte es ihm ganz sicher nicht.

Apropos Essen… Was sprach eigentlich gegen eine spontane Planänderung in Sachen Nahrungsbeschaffung? Jagdtrieb hin oder her – wieso sollte er sich mit einem mageren Goldfisch abmühen, wenn in der Küche eine gedeckte Tafel wartete? Anton überlegte kurz und beschloss, seine schlechte Laune gegen eine Dose Thunfisch zu tauschen. Das hatte bisher noch jedes Mal funktioniert.

Der Kater schüttelte die nassen Hinterpfoten, um die Schneereste loszuwerden, die daran hafteten, und trat hocherhobenen Hauptes den Rückzug an. Er warf einen letzten sehnsüchtigen Blick auf den Gartenteich. Na gut, dachte er bei sich, heute hast du noch mal Glück gehabt, du kleiner Scheißer. Aber sobald es taut, bist du dran.

Mit in die Höhe gerecktem Schwanz trabte er auf das Haus zu. Es war ohnehin Zeit für einen Küchenrundgang inklusive Futternapfkontrolle, sagte seine innere Uhr. Außerdem machte Goldfische angeln hungrig. Wie fast alles hungrig machte.

Wenn er Glück hatte, war Ella inzwischen nach Hause gekommen und hatte für sein leibliches Wohl gesorgt. Sicher sein konnte er sich allerdings nicht. So toll und zuverlässig sie sonst war, an diesem Punkt biss er sich schier die Reißzähne an ihr aus. Seit geschlagenen eineinhalb Jahren versuchte er ihr nun schon beizubringen, dass die Befüllung seines Napfes das Erste war, was sie nach Betreten der Wohnung zu erledigen hatte – vergeblich.

Dabei waren Menschen sonst gar nicht so schwer von Kapee. Komisch. Entweder war Ella, was das anging, eine unrühmliche Ausnahme, oder Anton hatte mit seinen achtzehn Monaten noch nicht genügend Übung. Selbst durch die ausgebufftesten Katzentricks ließ sie sich einfach nicht davon abbringen, sich erst in aller Ruhe umzuziehen, zur Toilette zu gehen und Teewasser aufzusetzen. Anton hatte sogar schon den Wasserkocher außer Gefecht gesetzt, alles ohne Erfolg. Einen Tag später hatte ein neuer in der Küche gestanden, der zu seinem Entsetzen noch lauter fauchte als der alte.

Was sollte er machen? Gutes Personal war rar, da durfte man wegen derlei Kleinigkeiten nicht meckern, und alles in allem war Ella wirklich nicht übel.

Trotzdem musste er bei Gelegenheit mal Lizzy von schräg obendrüber fragen, wie sie das anstellte.

Ein Blick aus ihren hübschen Siamkatzenaugen genügte, und Oma Gerda war Wachs in ihren Tatzen. Antons Freundin, immerhin schon fünfzehn und in Sachen Zweibeinererziehung mit allen Wassern gewaschen, hatte die Rentnerin voll im Griff. Lizzy bekam alles, was sie wollte. Sie hatte sich nicht nur mitten auf dem Balkontisch einen 1-A-Beobachtungsposten mit Katzenkörbchen einrichten lassen, sondern auch einen festen Platz bei Oma Gerda im Bett. Das hieß, die alte Dame durfte sich nachts an die Bettkante drücken, während Lizzy mit ihren gerade mal vierzig Zentimetern Rückenlänge den Rest der eins vierzig breiten Matratze einnahm. Gewusst wie!

Von derlei paradiesischen Zuständen konnte Anton nur träumen. Ein freundliches, aber bestimmtes »Raus mit dir, Kumpel!« bekam der Kater jedes Mal zu hören, sobald er sich auch nur Ellas gemütlichem Boxspringbett näherte. Er war zwar kein Schmusekater, aber ein Kostverächter in Sachen bequemes Schlafen war er auch nicht. Abschrecken ließ er sich daher selbstverständlich nicht, sondern startete regelmäßig neue Versuche, wobei er sich ganz auf seinen Vorteil in Sachen Geduld verließ.

Manchmal hatte er Glück, und Ella vergaß, die Schlafzimmertür zuzumachen, wenn sie morgens zur Arbeit ging. Dann horchte der Kater, bis die Haustür ins Schloss gefallen war, und stolzierte wie Wilhelm der Eroberer in das verbotene Reich. Durch das Loch zwischen zwei Knöpfen zwängte er sich in den Bettbezug, wobei er schon mal den einen oder anderen Knopf abriss. Nun ja, ein bisschen Schwund ist bekanntlich immer. Er kringelte sich auf der Daunendecke zusammen, legte den Kopf auf die Schwanzspitze und schlummerte selig. Nirgendwo schlief man besser als auf Antonia Premium Superlight.

Vor der Balkontür überlegte Anton kurz, ob er Oma Gerda und Lizzy noch schnell einen Besuch abstatten sollte, und wollte schon zum Vordereingang laufen. Aber dann schlüpfte er doch durch die Katzenklappe in der Balkontür ins Warme und stapfte auf nassen Pfoten schnurstracks in die Küche, wobei er eine Spur aus Pfützen auf dem Wohnzimmerparkett hinterließ. Er wollte gerade die Küchentür mit der Vorderpfote aufziehen, da erstarrte er.

Heiliger Hundehaufen! Gleich neben dem Eingang stand die grün-graue Transportbox, die er nur zu gut kannte und vor der er mindestens so viel Angst hatte wie vor Riesenschnauzern. Und vor denen hatte er richtig Muffe. Die Box stank nicht nur widerlich nach Plastik und Keller, sondern sie bedeutete vor allem eines:

Tierarztalarm!

Dieses Ding betrat er nicht mehr freiwillig, das hatte Anton sich nach dem letzten Besuch bei Dr. Windisch geschworen, da konnte Ella noch so viele

Leckerlis reinstreuen und mit ihrer Säuselstimme auf ihn einreden. Er war schließlich nicht blöd, auf den Trick fiel er nicht mehr herein. Beim letzten Mal hatte sie ihm sonst was versprochen, und was hatte er bekommen? Einen Biss in den Po, der selbst einen Tag später noch geschmerzt hatte. »Dringend nötige Impfung«, hatte Ella das genannt, was die Sache keinen Deut besser machte. Nee, nee, nicht mit ihm.

Anton spitzte die Ohren und hörte Ella im Bad hantieren. Als er sah, wie sich die Türklinke nach unten bewegte, bekam er Panik. Abrupt fuhr er herum, hechtete mit eingeklemmtem Schwanz hinter den Schuhschrank und lauschte auf Ellas Schritte, die sich Richtung Küche entfernten. Puh, sie hatte ihn offenbar nicht bemerkt.

Der Futternapf war mit einem Mal nebensächlich, nun ging es darum, sich nicht erwischen zu lassen. Schlimm genug, dass er den Goldfisch vergeblich gejagt hatte und noch dazu pitschnass geworden war, da konnte er den Kerl, bei dem es jedes Mal nach Hund und Medizin stank, mit seinem Pikseisen nicht auch noch gebrauchen.

Wäre er doch bloß gleich zu Oma Gerda und Lizzy gelaufen! Obwohl – bei der spendablen Nachbarin war er nicht sicher. Zwar würde er dann garantiert einen (vermutlich eher zwei oder drei) seiner heiß geliebten Cat Sticks mit Kabeljau abstauben, aber dort würde Ella ihn früher oder später suchen. Sie wusste von seiner Schwäche für Lizzy, die er mindestens so gern mochte wie die Sticks.

Anton hatte im Spätsommer für zehn Tage bei den beiden gewohnt, als Ella für ihre Firma in Frankreich gewesen war. Seitdem hielt Oma Gerda stets eine Leckerei für ihn bereit, weshalb der Kater so gut wie bei jedem Reviergang auf ein Häppchen im ersten Stock vorbeischaute. Nicht dass es bei Ella wenig gäbe, aber es ging nun mal nichts über die eine oder andere Zwischenmahlzeit.

Dass Oma Gerda ihm dabei jedes Mal mit der flachen Hand auf dem Kopf herumpatschte, was er gar nicht leiden konnte, nahm er billigend in Kauf. Er konnte die Ohren noch so sehr zur Seite klappen, die Haare aufstellen und finster gucken, sie kapierte es einfach nicht. Einmal hatte er ihr einen Hieb mit der Vordertatze verpasst, da war sie ganz schön erschrocken. Der Kratzer hatte sogar geblutet. Zum Glück war Oma Gerda nicht allzu sauer gewesen.

Nun gut, einen Tod muss man bekanntlich sterben – und bevor er sich in die Transportkiste setzte, ließ er sich lieber von einer Rentnerin den Schädel eindellen. Dennoch: Oben bei den beiden würde er garantiert auffliegen, und das durfte er nicht riskieren.

Normalerweise ging Anton ein voller Magen über alles, wenn man allerdings Leib und Leben schützen will, muss man Prioritäten setzen. Es gab lediglich einen Ort, an dem er sicher war, weil Ella ihn mied wie die Pest. Nicht dass er sich dort sonderlich gerne aufhielt, aber in der Not …

Der Kater lugte hinter dem Schuhschrank hervor, und als die Luft rein war, flitzte er durch den Flur. Mit Anlauf sprang er durch die Katzenklappe und trollte sich mit knurrendem Magen.

»Kuschelsocken, Pflaster, Nagelfeile, Ersatzstrumpfhose, Aspirin«, murmelte Ella vor sich hin und hakte die einzelnen Posten auf ihrer Liste ab. »Ach je!«, sagte sie, lief vom Schlafzimmer in die Küche und wäre dabei fast über den Katzenschlafkorb gestolpert, den sie vergangenen Abend noch neben der Transportbox im Flur deponiert hatte, damit sie ihn nicht vergaß.

Im Vorbeigehen fiel ihr auf, dass der Korb unbenutzt war. Anton hatte die Nacht über also nicht drinnen geschlafen, was sehr ungewöhnlich war. So gerne er den ganzen Tag draußen herumstromerte, nachts mochte er es warm und weich. Seltsam, dachte sie, wo er wohl steckt?

Vorm Herd blieb sie stehen und sah sich um. Links der Esstisch, auf dem in der Obstschale zwei braune Bananen ihr trauriges Dasein fristeten, auf der Fensterbank die frischen Kräuter, rechts die Küchenzeile mit den drei Espressokannen in verschiedenen Größen und den Joghurtgläsern, in denen sie Hülsenfrüchte, Kakao, Reis und Zucker aufbewahrte. Ihr Blick blieb an der Etagere zwischen Cerankochfeld und Spüle hängen mit den Essig- und Ölflaschen darauf. Was hatte sie noch mal holen wollen?

Ella starrte das Etikett des Himbeeressigs an, als wollte sie es auswendig lernen, doch ihr Hirn streikte. Es war etwas Wichtiges gewesen. Nur was? Hektisch zog sie die Schubladen auf, während sie ihre Gehirnwindungen durchforstete, doch es wollte ihr nicht einfallen.

»Himmel, ich werd senil«, murmelte sie, »und Selbstgespräche führe ich auch …«

Nachdem sie ein paar Minuten vergeblich weitergekramt hatte, ging sie ins Schlafzimmer zurück, und zwar genau an die Stelle, wo sie vorher gestanden hatte. Meist fiel einem dann wieder ein, was man wollte.

»Die Tabletten!«, rief sie, kaum dass sie einen Fuß auf den flauschigen Teppichboden gesetzt hatte, und machte auf dem Absatz kehrt. »Schilddrüsentabletten, Schilddrüsentabletten, Schilddrüsentabletten«, murmelte sie, bis sie in der Küche die Schublade aufgezogen hatte und die Schachtel in der Hand hielt.

Wenn mich jetzt einer sehen könnte, dachte sie und steckte den Blister in den Kulturbeutel, der neben dem noch offenen, aber fertig gepackten Koffer auf dem Bett stand.

»Also noch mal von vorne: Kuschelsocken, Pflaster, Nagelfeile, Ersatzstrumpfhose, Aspirin, Wattestäbchen, Kontaktlinsenmittel, Brille, Katzenfutter ... Was soll's, in Dijon gibt es bekanntlich auch Supermärkte«, verspottete sie sich selbst, weil sie das ungute Gefühl nicht loswurde, etwas Wichtiges vergessen zu haben, das nicht auf der Liste stand. Egal, was es war, sie würde es vor Ort kaufen können, abgesehen von Antons Lieblingsfutter vielleicht, von dem sie vorsichtshalber gleich drei Stiegen eingekauft hatte: Atlantikthunfisch, Pazifikthunfisch, Thunfisch und Jungsardellen – Thunfisch in allen Variationen, sogar mit Huhn und Käse. Von den Dosen mit Sardellen hatte sie gleich ein paar mehr besorgt, weil Anton sie so gerne mochte.

Apropos Anton – wo steckte der Kerl überhaupt? Ella ging zurück in die Küche, wo der gefüllte Napf vom Vorabend unangetastet stand. Die Fischstückchen hatten einen dunkelbraunen Rand, die Soße war eingetrocknet, und es roch unangenehm. Seltsam, das war ihr vorhin gar nicht aufgefallen. Sie entsorgte den Inhalt des Napfs im Mülleimer und füllte ihn neu. Dabei überlegte sie, wann sie den Kater zum letzten Mal gesehen hatte. Gestern Morgen, bevor sie zur Arbeit gegangen war?

»Anton?«, rief sie und dann lauter: »Aaantooon!«

Keine Reaktion.

Nachdem sie all seine bevorzugten Verstecke inklusive dem Spalt hinter dem Schuhschrank abgesucht hatte, in den er sich manchmal wie ein Aal quetschte, war sie ratlos. Normalerweise strich ihr der Kater morgens um die Beine, sobald sie auch nur einen Fuß aus dem Schlafzimmer setzte. Was er davon hielt, dass sie erst zur Toilette ging, statt auf direktem Weg in die Küche, war selbst für die Nachbarn nicht zu überhören. Vor lauter Packerei und Vorfreude auf die Reise war ihr nicht aufgefallen, dass das Protestgeschrei diesmal ausgeblieben war.

Ella nahm die Schachtel mit Trockenfutter aus dem Schrank und schüttelte sie. Mit Futter war der Kater nämlich immer zu bestechen, selbst in Notlagen. Er war zwar verfressener als Garfield und das Krümelmonster zusammen, aber zugleich sehr wählerisch. Wenn ihm auch nur die kleinste Kleinigkeit nicht passte, etwa wenn das Futter zu lange in der Wärme gestanden hatte oder kalt aus dem Kühlschrank kam, trat er in den Streik. Dann stolzierte er mit gerümpfter Nase aus der Küche, ohne den sonst so geliebten Thunfisch anzurühren, nachdem er mit Todesverachtung daran gerochen hatte, und ließ sich für die nächsten Stunden nicht mehr blicken. Ella vermutete, dass er zu ihrer Nachbarin Gerda Schürer in den ersten Stock hochschlich und sich dort den Bauch vollschlug. Sie wusste, dass die Rentnerin den

Kater ins Herz geschlossen hatte und ihn ebenso sehr verwöhnte wie ihre geliebte Lizzy.

Da fiel ihr ein, dass sie die alte Dame sowieso noch bitten wollte, ihren Briefkasten zu leeren. Dabei konnte sie auch gleich fragen, ob Frau Schürer Anton gesehen hatte. Aber erst wollte sie fertig packen, sonst verzettelte sie sich noch ganz.

Ella schloss den Koffer, hievte ihn vom Bett und war froh, dass er Rollen hatte, denn sie hätte ihn unmöglich bis zum Auto tragen können. Sie fragte sich ohnehin, wie das ganze Gepäck in den kleinen Citroën passen sollte. Neben zwei Kisten Wein für Xaviers Chef Monsieur Giroud nahm vor allem das Weihnachtsgeschenk für Xavier mehr Platz ein als gedacht, nicht zu vergessen das komplette Equipment für den Kater. Anton kam in seiner Transportbox auf den Beifahrersitz, doch trotz der umgeklappten Rückbank drohte der Platz knapp zu werden. Der C1 war eben ein Stadtflitzer und nicht für größere Reisen gedacht. Das Navi hatte sie vorsorglich bereits am Vorabend programmiert. Sechs Stunden und vierundzwanzig Minuten Fahrtzeit zeigte es für die sechshundertsiebenundachtzig Kilometer von München nach Dijon an. Hoffentlich überstand der Kater die lange Fahrt gut. Ella wusste, dass er Autofahren nicht sonderlich mochte, nicht nur weil er dann jedes Mal dachte, es ginge zum Tierarzt.

Ob sie Anton doch besser bei Frau Schürer und

Lizzy lassen sollte? Obwohl – eigentlich hatte sie sich bewusst dagegen entschieden, und Xavier hatte extra eine Unterkunft gebucht, in der Haustiere erlaubt waren.

Das Telefon klingelte, und Ella rannte dreimal durch die Wohnung, bis sie es endlich unter der Laptoptasche im Flur fand. Sie hatte es extra dorthin gelegt, zusammen mit dem Ladekabel und ihrem Fotoapparat, schließlich kannte sie sich und ihre Vergesslichkeit.

»He, war das Gedankenübertragung?«, sagte sie, da sie die Nummer sofort erkannt hatte.

»Wieso?«, fragte Xavier überrascht und schob noch schnell »*Ma puce, ça va?*« hinterher, seine Standardbegrüßung.

»Du sollst mich nicht immer Floh nennen!«, grummelte Ella und lief hektisch durch die Wohnung, um die verstreuten Strümpfe einzusammeln, die sie am Morgen auf die Heizkörper verteilt hatte, damit sie noch rechtzeitig trockneten. Sie hatte völlig vergessen, sie einzupacken, und musste jetzt den schweren Koffer noch mal aufmachen.

»Wieso nicht? Du bist doch ein süßer Floh. Total süß. Finde ich jedenfalls.« Xaviers Grinsen war förmlich zu hören. Er war tiefenentspannt und in Plauderlaune – ganz im Gegensatz zu ihr. »Wie weit bist du? Fährst du bald los? Ich vermisse dich und halte es nicht mehr lange ohne dich aus.«

»Drück mir mal die Daumen, dass ich überhaupt loskomme. Seit gestern Abend schneit es wie irre, und hier herrscht das totale Verkehrschaos. Irgendwie hat keiner damit gerechnet, Anfang Dezember ist es doch sonst nicht so kalt, und vorgestern waren hier noch vierzehn Grad. Bei Schnee und Eis bin ich unsicherer als ein Schüler in der dritten Fahrstunde«, scherzte sie, wobei ein Körnchen Wahrheit in der Aussage steckte. »Vielleicht sollte ich Anton ans Steuer lassen, damit wir sicher ankommen.«

»Gute Idee, schließlich ist er ein Mann«, sagte Xavier und fügte, um Ellas Protest im Keim zu ersticken, schnell hinzu: »Wie geht's überhaupt meinem *petit ami*?«

Ella hatte die Socken eingesammelt und ließ sie aufs Bett fallen. »Deinen Kumpel habe ich heute noch gar nicht gesehen. Hoffentlich ist er nicht wieder auf Reviereroberungsfeldzug, so wie neulich, und kommt mit einem abgebissenen Ohr nach Hause. Dann müssen wir nämlich einen Umweg über den Tierarzt machen, und der Gute wird so beleidigt sein, dass er noch bei unserer Ankunft guckt, als hätte er gerade Schnutensuppe gegessen.«

»Deine Katze isst Suppe?« Xavier hätte nicht entsetzter klingen können, wenn sie ihm gerade mitgeteilt hätte, dass sie doch nicht kommt.

»Nein.« Ella schmunzelte. »Das sagt man nur so.«

Sie klemmte sich das Telefon zwischen Ohr und

Schulter und versuchte, den schweren Koffer wieder aufs Bett zu bugsieren, ohne sich dabei einen Halswirbel auszurenken, was unmöglich war. Sie entschied sich für ihren Hals, das Telefon fiel herunter und rutschte unters Bett. Fluchend kniete Ella sich hin und angelte nach dem Handy, aus dem Xaviers besorgte Stimme drang.

»Sorry, ich übe mich gerade im Telefonweitwurf«, sagte sie.

Xavier lachte. »Schon okay, aber bitte warne mich beim nächsten Mal vor, mein Trommelfell übersteht nicht noch so eine Attacke.« Seine Stimme wurde eine Oktave tiefer. »Und um Anton mach dir keine Sorgen, der kleine Kerl kann schon auf sich aufpassen. Sicher hat er sich bloß versteckt.«

Sie seufzte. »Du hast recht. Wenn das so weitergeht, entwickele ich mich noch zur Helikopterkatzenmutti und lasse ihm einen Chip einpflanzen, damit ich ihn auf Schritt und Tritt überwachen kann.«

»Super Idee, das gibt's bestimmt schon als App. Jedenfalls freue ich mich schon riesig drauf, dich bald wieder in den Arm zu nehmen und dich auf deine süße Nasenspitze zu küssen«. Xavier lachte frech. »Fahr vorsichtig und bring mir meinen Kumpel heil mit, *ma puce.*«

»Du sollst mich nicht immer…« Weiter kam Ella nicht, denn Xavier hatte bereits aufgelegt.

Wie schön, dass er ihren eigenwilligen Kater genauso sehr mochte wie sie. Ella könnte nie mit einem Mann zusammen sein, der nicht tierlieb war oder den Anton ablehnte, was man dem Kater sofort anmerkte. Deshalb war es ihr auch so wichtig, dass die beiden sich ausgiebig beschnupperten, ehe sie diese wichtige Entscheidung traf, die nicht nur ihr, sondern auch Antons Leben auf den Kopf stellen würde.

Gerade hatte Ella die Socken zwischen die sorgfältig gefaltete Wäsche gestopft und den Reißverschluss des Koffers mit Mühe zugezogen, als ihr Handy ein Hupen von sich gab – eine SMS von ihrer besten Freundin. Isabel, von allen nur Isi genannt, war der einzige Mensch in Ellas Umfeld, der sich WhatsApp kategorisch verweigerte. »Und wenn ich eines Tages einsam sterben werde, die kriegen meine Daten nicht«, sagte sie immer.

*Na, schon gepackt? Gute Reise und toi, toi, toi. Meinen Segen hast du, auch wenn ich dich jetzt schon vermisse! ☺☺☺ Isi*

Sofort wurde Ella warm ums Herz. Auch sie würde ihre beste Freundin schmerzlich vermissen, genauso wie die anderen Kollegen und die Mädels aus ihrer Yogagruppe, ihren Lieblingsitaliener in Haidhausen, bei dem es die beste Holzofenpizza gab, die sie je gegessen hatte, und überhaupt München. Wenn Xavier und sie die knapp vier Wochen Bewährungsprobe bis Silvester gut überstanden, würde sie es wagen und zu ihm nach Frankreich ziehen. Würde die geliebten bayerischen Alpen gegen das Schwarze Gebirge eintauschen, die Isar gegen die Saône und das hektische Großstadtleben gegen beschauliche Kleinstadtidylle. Einige ihrer Freundinnen hatten sie für verrückt erklärt, dass sie ihr Leben und ihren guten Job bei vignoble.de für einen Mann – noch dazu einen Franzosen! – aufgeben wollte, den sie gerade mal vier Monate kannte.

Es war tatsächlich alles ganz schön schnell gegangen, aber Chancen waren nun mal dazu da, dass man sie nutzte. Zu behaupten, dass sie nicht nervös war, wäre eine Untertreibung gewesen.

*Danke, Süße, freu mich total und hab trotzdem Riesenschiss*, antwortete sie.

*Think positive*, kam es sofort zurück. *So einen tollen Mann wie Xavier findest du nicht noch mal, der ist wie ein Sechser im Lotto. Außerdem hast du Bernds Wort. Du bist save!*

Beides stimmte. Noch nie im Leben hatte Ella sich mit einem Mann so wohlgefühlt wie mit »ihrem Franzosen«, wie sie Xavier immer nannte. Wenn sie sich an seine Brust lehnte und den Kopf in die Kuhle über seinem Schlüsselbein legte, fühlte es sich an wie Nachhausekommen. Einen schöneren Ort gab es für sie nicht. Und was ihren Job als Einkäuferin für französische Rotweine bei dem Onlinehändler anging, so hatte ihr Chef mit dazu beigetragen, dass sie den Umzug ins Burgund wagte. Bernd hatte ihr tatsächlich angeboten, von Beaune aus weiter für vignoble.de zu arbeiten. Ella sollte den bisherigen Handelspartner vor Ort ersetzen und durch ganz Frankreich reisen, um weitere Winzer zu akquirieren, bestehende Beziehungen zu vertiefen und neue Weine ausfindig zu machen, die sie ins Sortiment aufnehmen konnten. Das Beste daran war, dass sie weiter mit Isi zusammenarbeiten und so mit ihr in Kontakt bleiben würde.

*Du bist ein Schatz! Dicker Drücker. Ich meld mich, wenn wir angekommen sind*, simste sie und widmete sich wieder ihrem Koffer. Wenn sie sich nicht langsam ranhielt, wurde das heute nichts mehr mit dem Losfahren.

Nachdem Ella das Auto bis unters Dach beladen und zweimal wieder ausgeräumt hatte, bis sie alles verstaut hatte, ging sie in den ersten Stock hinauf und läutete bei ihrer Nachbarin. Es war inzwischen nach elf, und sie hoffte, dass sie die Siebzigjährige nicht beim Kochen störte.

Es dauerte, bis Frau Schürer an die Tür kam, sie war nicht mehr so gut zu Fuß. Ungeduldig knibbelte Ella an ihrem Daumennagel, der halb eingerissen war.

»Grüß Gott, Frau Böhm. Na, geht's heute los? Haben Sie es sich doch noch mal überlegt und lassen mir den Anton da? Mei, die Lizzy würd sich so freuen.«

Bedauernd hob Ella die Hände. »Tut mir leid, diesmal geht er mit auf Reisen. Ich will mich nur schnell von Ihnen verabschieden und schon mal schöne Feiertage wünschen, auch wenn es bis Weihnachten noch drei Wochen hin ist.« Sie überreichte der Nachbarin ein in grün-rotes Papier gewickeltes Päckchen. »Für Sie. Ein kleines Dankeschön dafür, dass Sie nach meiner Post sehen.«

»Mei, wie liab.« Frau Schürer war gerührt. »Gute Fahrt. Kommen Sie gesund wieder und bringen Sie meiner Lizzy den Anton heil wieder mit.«

»Mach ich«, versprach Ella. Zur Sicherheit hakte sie lieber nach, auch wenn sie nicht daran glaubte, weil die alte Dame sonst sicher etwas gesagt hätte: »Anton ist nicht zufällig bei Ihnen, um sich schon mal sein Weihnachtsgeschenk abzuholen?«

»Nein, nein!« Frau Schürer wirkte entrüstet, dann wandte sie sich um und winkte Ella herein. »Da sagen Sie was. Fast hätt ich's vergessen.« Sie öffnete den Wandschrank im Flur und nahm eine Packung Cat Sticks heraus. »Die mag er am liebsten. Aber erst an Weihnachten geben, ja?«

Ella bedankte sich und wandte sich zum Gehen, da sie es eilig hatte. Sie fuhr sehr ungern im Dunkeln Auto, und je eher sie loskam, desto besser. Bis auf Anton war sie im Grunde abfahrbereit, und während sie die Stufen zu ihrer Wohnung hinunterging, überlegte sie, wo er stecken konnte. Nach einem schnellen Blick auf den noch immer randvollen Napf in der Küche und einem zweiten Rundgang durch die Wohnung fiel ihr nur noch ein Ort ein. Sie nahm ihre Daunenjacke vom Haken, schlüpfte in die gefütterten Stiefel und trat durch die Terrassentür im Wohnzimmer ins Freie. Sie musste schmunzeln, als sie den halb zugeschneiten Spuren durch den Schnee bis zum Geräteschuppen folgte, der an der Grenze zum Nachbargrundstück gleich neben dem Mirabellenbaum stand, dessen Zweige von einer Schicht aus Eiskristallen bedeckt waren.

Das Zahlenschloss klemmte, und sie brauchte zwei Versuche, ehe sie die schwere Tür aufbekam. Ella zog den Kopf ein, um den Spinnweben auszuweichen, die unter den Deckenbalken hingen. Meine Güte, hier müsste man auch mal dringend aufräumen, dachte sie und spähte leicht angeekelt in die Ecken. Neben dem altersschwachen Rasenmäher stapelten sich Bretter, Steine und Gartengeräte, die ihre besten Tage lange hinter sich hatten. Durch ein Loch in der Wand war Schnee hereingeweht und hatte den zusammengerollten Gartenschlauch mit einer weißen Haube überzogen. Sie mochte diesen Schuppen mit den alten Sachen von ihrem verstorbenen Vormieter nicht und drückte sich seit sie hier wohnte davor, hier mal zu entrümpeln. Den Deal mit ihren Vermietern, im Gegenzug die Wohnung beim Auszug nicht renovieren zu müssen, bereute sie inzwischen.

Die nackte Glühbirne erhellte den Raum nur spärlich, und Ella wollte sich schon zum Gehen wenden, als sie hinter der Schubkarre ein gelbes Funkeln wahrnahm.

»Na, mein Großer, da bist du ja!« Neben dem Bretterstapel ging sie in die Hocke und streckte die Hand aus. »Komm her«, lockte sie den Kater, der argwöhnisch aus seinem Versteck lugte und kläglich maunzte.

Es sollte weitere zehn Minuten dauern, Ellas linker Fuß drohte schon einzuschlafen, ehe Anton ein paar zaghafte Schritte auf sie zu machte und sich dann mit dem ganzen Körper gegen ihr Knie warf, wobei er laut zu schnurren anfing.

Sie nahm ihn auf den Arm. »Himmel, du bist ja eiskalt!«, rief sie und beeilte sich, mit dem Kater unter ihrer Daunenjacke zurück ins Haus zu kommen.

Kaum hatte sie Anton im Wohnzimmer abgesetzt, spurtete er in die Küche, und bis Ella hinterherkam, hatte er den Napf bereits geleert.

Als sie Anton eine knappe Viertelstunde später in seinem Transportkorb unter lautstarkem Protest auf den Beifahrersitz des Citroën stellte und anschnallte, zog er sein berühmtes Schnutensuppengesicht. Kein anderes Tier konnte so viele Grimassen schneiden und seine Gemütszustände derart lebendig wiedergeben wie ihr Kater. Nicht nur deswegen liebte Ella ihn über alles.

»Wirst schon sehen, Anton, in Frankreich ist es schön«, sagte Ella, legte den ersten Gang ein und fuhr los.

Mit einem Blick in den Rückspiegel vergewisserte sie sich, dass das Gartentor geschlossen war. Den braunen Karton neben der Haustür, den sie beim Umladen vergessen hatte, bemerkte sie nicht.

# 2

Seit gut einer Dreiviertelstunde lief Xavier nun schon die Rue Stephen Liegeard auf und ab, wobei er abwechselnd auf sein Telefon und zur Kreuzung an der Rue des Forges starrte, in jene Richtung, aus der Ella eigentlich kommen müsste.

Er konnte es kaum erwarten, sie in die Arme zu schließen. Seit sie vor knapp drei Wochen abgereist war, hatten die beiden täglich geskypt. Schade, dass es noch kein Dufttelefon gab, Ella roch immer so gut.

Der Winter ließ auf sich warten, trotzdem fror er in der Strickjacke, die er vorhin eilig über das T-Shirt gezogen hatte. Er hatte geglaubt, den roten Citroën seiner Freundin in die Straße einbiegen zu sehen, und war vom zweiten Stock nach unten gestürzt, nur um einen ähnlichen Wagen drei Häuser weiter beim Einparken zu beobachten.

Ella hätte längst da sein müssen, jedenfalls wenn sie wie geplant um die Mittagszeit losgefahren war. Xavier wurde allmählich nervös. Zum einen hatte sie heute Vormittag am Telefon etwas von Schnee und Eis erzählt, zum anderen konnte er sie seit Stunden nicht erreichen. Unterwegs war sie vermutlich, denn zu Hause ging niemand ran. Ihr Handy war ausgeschaltet, was nur bedeuten konnte, dass der Akku leer war und sie das Ladekabel vergessen hatte. Leider bedeutete das auch, dass sie die Navi-App nicht benutzen konnte, was wiederum hieß, dass sie vermutlich spät ankommen würde. Ellas Orientierungssinn war nur eingeschränkt funktionstüchtig, womit sie gerne kokettierte. Bei jeder sich bietenden Gelegenheit betonte sie, dass sie sich sogar vor ihrer eigenen Haustür verlief, was wohl tatsächlich schon einmal passiert war. Gut, damals waren nicht unerhebliche Mengen Alkohol im Spiel gewesen, trotzdem musste ihr das erst mal einer nachmachen.

Xavier sah auf die Uhr: Viertel vor sechs, es war längst dunkel, und er überlegte ernsthaft, ob er ihr entgegenfahren sollte, um den Gedanken sofort wieder als unsinnig zu verwerfen. Nein, Ella war vielleicht schusselig, aber nicht blöd.

Noch einmal ging er die Straße bis zu der Parfümerie an der Ecke hoch, in Gedanken ganz bei Ella. Ihre Schusseligkeit machte sie in seinen Augen nicht nur liebenswert, sondern hatte auch dafür gesorgt, dass er diese einzigartige Frau mit dem lauten, ansteckenden Lachen und den unvergleichlich blauen Augen kennengelernt hatte. Sie war ihm Anfang August bei der Arbeit sprichwörtlich vor die Füße gefallen, als sie in der Eingangshalle des Chateaus in ihren hohen Hacken direkt vor ihm umgeknickt und in seinen Armen gelandet war.

Xavier war mit seinem Kollegen Hervé gerade auf dem Weg in die Mittagspause, und nach einem Blick in ihre vor Schmerz tränenfeuchten Augen war es um ihn geschehen. Er musste sich regelrecht zwingen, sie loszulassen, und hielt ihre Hand eindeutig länger fest als angebracht, was Hervé mit einem spöttischen Blick quittierte.

»Verfluchte Mistdinger!«, schimpfte sie auf Deutsch, massierte sich den Knöchel und fing im nächsten Moment an, schallend zu lachen.

Fasziniert und irritiert zugleich stand Xavier da, denn das laute Dröhnen wollte so gar nicht zu der zarten Person passen. Dennoch wirkte es unglaublich sympathisch.

In fehlerfreiem Französisch mit einem süßen deutschen Akzent fügte sie hinzu: »*Merci beaucoup*, Sie haben mich gerade gerettet. Wenn ich den Termin hier wegen meiner Schuhe vermasselt hätte, dann wäre ich meinen Job zum Ersten los gewesen.« Wieder dieses unwiderstehliche Lachen.

»Ach, sind Sie die Vertreterin von dem deutschen Onlineweinhändler?«, fragte Hervé, der offenbar mehr wusste als er.

Ein Griff durch die dunklen Locken, ein kokettes Lächeln, dann streckte sie erst Hervé und danach ihm die Hand entgegen, die sich beim zweiten Mal noch genauso gut anfühlte. »Ja, genau, ich bin Ella Böhm und arbeite für vignoble.de. Ich bin um halb eins mit Monsieur Giroud verabredet, kennen Sie ihn zufällig?«

»Und ob«, sagte Hervé. »Das ist unser Chef, kommen Sie, ich bringe Sie zu ihm.« Damit hakte er Ella unter und führte sie zum Aufzug.

Xavier starrte den beiden fassungslos nach. So hilfsbereit und charmant kannte er seinen Kollegen gar nicht. Ob die hübsche Deutsche Hervé genauso beeindruckt hatte wie ihn?

Die Antwort darauf bekam er am Nachmittag, als Monsieur Giroud die beiden in sein Büro rief und fragte, wer von ihnen Zeit hätte, Mademoiselle Böhm in den nächsten Tagen durch das Département Côte d'Or zu begleiten und ihr die besten Weinlagen entlang der Rue de Grand Cru zu zeigen.

Sprachlos hatte Xavier zugehört, wie sich Hervé mit nie gekanntem Engagement um den Job bewarb, dabei stöhnte er sonst dreimal stündlich, dass er vor Stress nicht aus den Augen schauen könne. Ihr Chef hatte sich am Ende für Xavier entschieden, weshalb Hervé den ganzen nächsten Tag kein Wort mit ihm gesprochen hatte.

Ella und er waren sich bei den Weinproben in dem berühmten Tal mit den besten Weinlagen des Burgunds nähergekommen, und er hatte sich Hals über Kopf in die hübsche Münchnerin verliebt – und sie sich in ihn. Den Blick, den sie ihm in der Domaine D'Ardhuy zugeworfen hatte, würde er nie vergessen. Ebenso wenig wie den Geschmack des Pinot noir, den sie in dem imposanten Herrenhaus zwischen Côte de Beaune und Côte de Nuits probiert hatten.

Die Sache hat sich gelohnt, dachte Xavier, während er die Auslage der Parfümerie betrachtete und überlegte, ob er Ella zu Weihnachten den neuen Duft von Armani schenken sollte. Italienische Parfüms mochte sie besonders gerne.

Ihm fiel auf, wie viele Leute an diesem Donnerstagabend in dem Laden und auf der Straße unterwegs waren, alle mit Tüten und Taschen beladen und offenbar bereits mitten im Geschenkekaufrausch.

Er lief die Rue Liegeard wieder hinunter, und als er an dem Fachwerkhaus vorbeikam, in dem er die Ferienwohnung unterm Dach gemietet hatte, ging über ihm ein Fenster auf. Madame Bernard, die Vermieterin und Inhaberin der Honigkuchenbäckerei im Erdgeschoss, steckte den Kopf heraus.

»Monsieur Xavier, was machen Sie denn da unten? Kommen Sie rauf, ich habe Ihnen einen Tee gekocht. Außerdem habe ich gerade frische *nonettes* aus dem Ofen geholt, die müssen Sie probieren.« Ihr Ton ließ keine Widerrede zu.

Zwar verließ er seinen Beobachtungsposten nur ungern, doch er fror erbärmlich in der dünnen Jacke, also sagte er: »Danke, das Angebot nehme ich gerne an.« Nach einem letzten Blick in Richtung Rue des Forges ging er zur Haustür, deren Öffner bereits summte.

Manon, die Enkelin von Madame, saß am gedeckten Küchentisch und strahlte ihn an. Xavier kniff das Mädchen in die Wange, schnappte sich einen der noch warmen Honigkuchen und schob ihn sich in den Mund.

»He, du Dieb«, protestierte die Neunjährige und hob den Zeigefinger. »Das darf man nicht.«

»Du darfst das nicht, ich schon«, foppte er sie und nahm sich gleich noch einen, nicht ohne ihr ein Stück abzugeben, das sie mit einem Seitenblick auf ihre Großmutter hastig in den Mund schob und, ohne zu kauen, herunterschluckte.

Wieder ein Strahlen. »*Merci.*«

Da drehte Madame Bernard sich um, ein Tablett mit drei Tassen in den Händen, die sie zusammen mit einer Kanne Tee und einer Flasche Kakao auf den Tisch stellte. Irritiert blickte sie von ihrer Enkelin zu Xavier und wieder zurück.

»Habe ich etwas verpasst?«

Xavier schüttelte unbeteiligt den Kopf, Manon presste ein »Nö, wieso?« heraus und starrte dabei so angestrengt auf die Lücke auf dem Teller, als ließen sich die fehlenden Honigkuchen wieder herbeizaubern.

Mit einem amüsierten Zucken um die Mundwinkel reichte Madame den Teller herum und meinte nur trocken: »Na, Sorgen, dass es nicht schmeckt, muss ich mir dann wohl keine machen.«

»Das sind die besten *nonettes*, die ich je gegessen habe«, schmeichelte Xavier, nachdem er kurz aufgestanden war und aus dem Fenster gespäht hatte. Von Ella noch immer keine Spur.

»Ach, meine Großmutter, von der das Rezept stammt, hat sie noch viel besser hinbekommen.« Die alte Dame war sichtlich verlegen.

»Es ist ein steinuraltes Familienrezept«, platzte die Kleine unbekümmert heraus, »und alleroberstrengstens geheim. Wir machen die besten *nonettes* von ganz Dijon.« Sie nickte wichtig und mit ernster Miene, ehe sie fragte: »Wann kommt eigentlich deine Freundin mit ihrer Katze? Ich freu mich schon so. Wie heißen die beiden noch mal?«

»Manon, sei nicht immer so neugierig!«

Xavier winkte ab. »Kein Problem, die Namen der beiden sind nicht ganz so alleroberstrengstens geheim wie euer Familienrezept. Meine Freundin heißt Ella, und die Katze ist ein hübscher grauer Kater mit Namen Anton.«

»Ui, das klingt aber lustig. Monsieur Lapin ist auch hübsch und grau. Meinst du, dein Anton versteht sich mit ihm?«

Auf Xaviers verwirrten Blick hin erklärte Madame

Bernard: »Das ist ihr Zwergkaninchen und bester Freund. Die beiden sind unzertrennlich.«

»Willst du ihn mal sehen?« Das Mädchen war schon aufgesprungen.

Auf einmal klingelte es, und sie rief: »Das sind sie!« Manon hüpfte hinaus in den Flur und kam kurz darauf enttäuscht zurück. »Da ist ein dicker Mann, der dich sprechen will. Er heißt Monsieur Burgoin oder so.«

Augenblicklich erstarrte die alte Dame, ihre Augen verengten sich, und ihre Stimme klang ungewohnt kühl, als sie ihre Enkelin in ihr Zimmer schickte. »Bitte entschuldigen Sie mich«, sagte sie an Xavier gewandt und ging zur Tür, um den sichtlich unwillkommenen Gast zu empfangen.

Xavier folgte ihr, holte sich eine dickere Jacke und bezog wieder seinen Posten auf der Straße, die immer noch sehr belebt war. Mittlerweile war es halb sieben, und er wurde unruhig. Was, wenn doch etwas schiefgegangen war? Sie hatten immer gewitzelt, dass Ella sich nur die Vorwahl und die ersten zwei Ziffern seiner Handynummer merken konnte, während er ihre Nummer schon nach zwei Tagen in seinem Kopf abgespeichert hatte. Im Notfall, sollte ihr Handy tatsächlich nicht einsatzfähig sein, könnte sie ihn nicht erreichen. Trotzdem sah er auf sein Telefon und checkte noch mal seine Mails. Fehlanzeige.

Durch das Schaufenster warf er einen Blick in die

Honigkuchenbäckerei, in der sich die Kunden drängten. Er hatte sich für die Ferienwohnung nicht nur entschieden, weil sie typisch französischen Charme ausstrahlte, sondern auch weil Madame Bernards Betrieb die älteste Honigkuchenbäckerei der Stadt war. Hier würde es Ella bestimmt ganz besonders gut gefallen.

Ursprünglich hatte seine Mutter darauf bestanden, dass er und Ella den Urlaub in seinem Elternhaus in Beaune verbrachten, aber dagegen hatte Xavier sich zu wehren gewusst. Schließlich kannte er seine *maman* nur zu gut. Sie war zwar eine herzensgute Frau, hatte aber ein sehr einnehmendes Wesen, und er konnte nicht abschätzen, wie Ella, die zu ihrer geschiedenen Mutter kein gutes Verhältnis hatte, auf die Invasion einer französischen Großfamilie reagieren würde. Bei ihnen zu Hause ging es nicht nur immer laut und hektisch zu, sondern zwischen ihm und seinen beiden Brüdern herrschte ein ziemlich rauer Tonfall, der Fremde abschrecken konnte. Da es sein sehnlichster Wunsch war, dass Ella hierherzog, wollte er ihr seine Familie zunächst nur in homöopathischen Dosen zumuten.

Wenn Ella und er sich sahen, auch wenn es bisher nicht allzu häufig vorgekommen war, fühlte es sich für Xavier jedes Mal so an, als würden sie sich schon ewig kennen. Zwischen ihnen war eine Vertrautheit, die er als nüchterner, kopfgesteuerter Mensch nie für möglich gehalten hätte. Er hatte Ella einmal in München besucht, und sie war Mitte November wieder in der Gegend gewesen, wenn auch nur für zwei Tage zur Weinauktion im Hôtel-Dieu in Beaune. Ihr Chef hatte diesen Termin bisher immer persönlich wahrgenommen, aber wenn Ella künftig die Firma vor Ort vertreten sollte, musste sie sich vorstellen und Kontakte knüpfen.

Die seit 1859 jährlich stattfindende *Vente des Vins des Hospices de Beaune* war die berühmteste Weinversteigerung der Welt, bei der sich alles traf, was in der Szene Rang und Namen hatte. Gut ein Dutzend Winzer bewirtschafteten bis heute die knapp sechzig zu dem ehemaligen Hospiz gehörenden Hektar Weinberge, deren Erzeugnisse alljährlich unter den Hammer kamen. Der Gebäudekomplex, in dessen Gewölbekeller unzählige Eichenfässer lagerten, war die wichtigste touristische Attraktion der Stadt und weit über die Grenzen des Burgunds hinaus bekannt.

Wegen Ellas übervollem Terminkalender war damals keine Zeit geblieben, sie seinen Eltern vorzustellen, was Xaviers Mutter ihm bis heute übel nahm. Dass er nun auch noch die Wohnung in Dijon angemietet hatte, wollte ihr so gar nicht in den Kopf.

»Schämst du dich etwa für deine Familie?«, hatte sie pikiert gefragt, als er ihr von Ellas bevorstehendem Besuch erzählte. Sein Vater, der sich wie immer aus allem raushielt, handelte sich einen Rippenstoß ein. »Nun sag du doch auch mal was, Pierre!«

»Der Junge wird schon wissen, was er tut«, brummelte sein Vater nur und widmete sich wieder seinem *boeuf Bourguignon.*

Seine Mutter ließ nicht locker. »Aber zum Essen bringst du sie schon mit? Und wehe, du feierst Weihnachten nicht zu Hause, dann bist du nicht mehr mein Sohn.«

Xavier musste lachen, als er an die Drohung seiner Mutter zurückdachte. Bevor er Ella seiner wilden Familie vorstellen konnte, musste sie erst mal ankommen.

Er sah gerade auf sein Handy, als es laut und anhaltend hupte, und er fuhr herum.

Ellas Citroën schoss auf ihn zu, sie bremste abrupt auf seiner Höhe. Obwohl sie den ganzen Verkehr aufhielt, sprang sie aus dem Wagen und stürzte sich in seine Arme.

»*Ma puce*, da bist du ja endlich.«

Ausgelassen drehte Ella sich einmal um die eigene Achse. Ihre Hochsteckfrisur hatte sich aufgelöst, und sie war so aufgekratzt, dass sie sogar vergaß, ihm den ungeliebten Kosenamen zu verbieten.

Er hob sie hoch, küsste sie und wirbelte sie so lange im Kreis, bis der Fahrer hinter Ellas Wagen, der immer noch mit laufendem Motor die schmale Einbahnstraße blockierte, die Geduld verlor und aus dem Beifahrerfenster blaffte: »He, ihr zwei, ich hab heute Abend noch was vor.«

Gegen Ellas strahlendes Lächeln war er offenbar immun, was sie nicht weiter beeindruckte. »Keine Sorge, wir auch«, sagte sie, stieg wieder ein und parkte kurzerhand zwanzig Meter weiter vor dem Liefereingang eines Lebensmittelgeschäfts, ohne das absolute Halteverbot zu beachten.

Xavier, der hinter ihr hergelaufen war, öffnete die Beifahrertür und nahm Anton in seiner Transportbox heraus. Der Kater presste die Nase zwischen die Gitterstäbe und miaute herzzerreißend.

»Na, *mon ami*, ihr habt sicher eine schöne Odyssee hinter euch«, sagte er.

»Das kannst du laut sagen«, bestätigte Ella und gab ihm einen Kuss. »Mein Akku war plötzlich leer, und ich Dussel hab das Ladekabel zu Hause vergessen. Ohne Navi war ich natürlich komplett aufgeschmissen und hab mich zigmal verfranzt. Ich hätte dich ja von einer Telefonzelle angerufen, aber…«

»…du kannst meine Nummer nicht auswendig«, ergänzte er den Satz und konnte sich ein Grinsen nicht verkneifen, weil er es schon geahnt hatte.

Wie erwartet war Ella empört und knuffte ihn. »He, du Schuft, lach mich nicht aus, sondern freu dich lieber, dass ich da bin.«

Jetzt tat Xavier beleidigt. »Also wenn sich hier einer freut, dann ich.«

Ein Kuss und er war versöhnt.

Gemeinsam luden sie das Gepäck aus, während Anton in seiner Transportbox zeterte, weil es ihm nicht schnell genug ging. Xavier ließ Ella mit ihren Koffern und dem schlecht gelaunten Kater vor der Haustür zurück, um den Wagen eine Straße weiter zu parken.

Als er zurückkam, stand sie wie erwartet vor dem Schaufenster der Honigkuchenbäckerei und betrachtete die ausgestellten Leckereien. Er wollte sich gerade von hinten anschleichen, um sie auf den Nacken zu küssen, da wurde die Haustür aufgerissen. Ella und er zuckten zusammen, als ein beleibter Mann um die sechzig herausstürmte. Hinter ihm erschien die völlig aufgelöste Madame Bernard.

Der Franzose rempelte Ella an, drehte sich im Laufen noch einmal um und brüllte: »Ich komme wieder, darauf können Sie sich verlassen! Sie werden Ihre Sturheit noch bitter bereuen!« Aufgebracht marschierte er davon.

Xavier wich ihm aus, während Ella verdattert dastand, ohne Madame Bernards eilig gestammeltes »Ärtzlisch willkommään in Dijon« zu erwidern. Stattdessen starrte sie wie gebannt auf ihren Kater, der mit aufgeplustertem Schwanz fauchend in seiner Box saß, als wäre er gerade dem Leibhaftigen begegnet – oder einem Riesenschnauzer.

»Das fängt ja richtig gut an«, murmelte Xavier und

folgte der freundlichen Dame und Ella mit einem mulmigen Gefühl im Bauch ins Haus.

Genüsslich schleckte Manon den Finger ab und steckte ihn sofort wieder in die Rührschüssel, um auch den letzten Rest des nach Zimt schmeckenden Teigs zu erwischen. *Mamie* hatte sogar extra ein paar Rosinen dringelassen, weil Manon die so gerne mochte.

Die Neunjährige saß mit baumelnden Beinen auf ihrem Lieblingsplatz am Rand der Arbeitsplatte in der Backstube, gleich neben der riesigen alten Waage, auf die man verschiedene Gewichte stellen musste, um die Zutaten abzuwiegen. Manche davon waren so schwer, dass Manon sie mit beiden Händen umfassen musste, um sie hochzuheben. Überall lagen Säcke mit Mehl, Mandeln, Zucker, Nüssen und Trockenfrüchten herum, in den Regalen standen mit handbeschrifteten Etiketten versehene Dosen mit Gewürzen, Backpulver und Gläser mit Vanilleschoten neben Paletten mit frischen Eiern sowie ganze Stapel mit Kuvertüre und Schokoladentafeln.

In dem Chaos waren ihre Großmutter und zwei Aushilfen damit beschäftigt, die Bestellungen abzuarbeiten, die vor Weihnachten noch zahlreicher eingingen als sonst. Manon half dann immer mit. Sie verzierte die Lebkuchen mit glasierten Früchten, von denen oft genauso viele in ihren Mund wanderten wie auf die Teigrechtecke. Sie band Schleifen um die Tütchen mit dem Konfekt oder klebte mit kindlicher Akribie die von Hand beschrifteten Preisschilder auf die Waren.

»Willst du mal probieren, ob der Teig gut geworden ist?«, fragte Julie, die erst seit drei Wochen bei ihnen arbeitete und daher noch etwas unsicher war. Sie streckte dem Mädchen einen Holzlöffel entgegen.

Andächtig probierte Manon, legte den Kopf schief und sagte: »Ein bisschen mehr Kardamom, dann ist er genau richtig.«

»Danke.«

Die blonde Studentin eilte an ihren Arbeitsplatz zurück, um den Teig zu verfeinern, ehe sie ihn in die ovalen Förmchen goss, die sie in drei Reihen aufgestellt hatte, und alles auf einem Tablett in den Ofen schob.

Manon hüpfte von der Arbeitsplatte und gesellte sich zu ihrer Großmutter, um ihr dabei zu helfen, jeweils fünf mit dunkler Schokolade überzogene Honigkuchenkringel mit einer Zange in Zellophantütchen zu packen. Die beiden arbeiteten routiniert Hand in Hand. *Mamie* öffnete die Tütchen und stellte sie so hin, dass Manon die Kringel hineintun konnte, ehe sie bunte Schleifen darumbanden und die Kringel in mehreren alten Obstkisten stapelten, in denen sie sie dann im Laden präsentierten.

In der heißen Backstube, wo die hellgrünen, altersschwachen Regale immer von einer feinen Mehlschicht bedeckt waren und es aussah, als hätte es gerade geschneit, fühlte das Mädchen sich pudelwohl. Sie war mit dem Teiglöffel im Mund aufgewachsen, hatte an diesem Ort mehr Zeit verbracht als in ihrem Kinderzimmer und schon als Baby im Hochstuhl das rege Treiben verfolgt. Seit Manon selbstständig einen Löffel halten konnte, rührte sie in irgendwelchen Schüsseln, und sobald sie etwas aus- oder abschlecken konnte, war ihre Welt in Ordnung.

Zum wiederholten Mal warf Manon einen Blick auf die große Uhr über der Milchglastür, die in den Verkaufsraum führte. Es war schon Viertel vor elf, und noch immer schliefen die deutschen Gäste. Sie war schon zweimal die Treppe hinaufgeschlichen und hatte an ihrer Tür gehorcht, doch da rührte sich nichts. Nicht mal der Kater hatte sich bemerkbar gemacht, dabei hatte der arme Anton doch bestimmt Hunger. Außerdem hatte sie am frühen Morgen schon ein Bild für Ella und Xavier gemalt, das sie den beiden auf die Fußmatte vor der Tür gelegt hatte. Darauf war Anton zu sehen, der mit Monsieur Lapin spielte. Ein paar dicke Schneeflocken hatte sie auch dazugemalt, weil es über Nacht geschneit hatte und Manon Schnee so gerne mochte. Ob es Ella gefiel? Hoffentlich!

»Duhuuu, darf ich Ella und Xavier wecken gehen?«

»Nein, wir lassen unsere Gäste schlafen, so lange sie wollen.« Großmama Joséphine stellte eines der Tütchen hin und hob mahnend die linke Augenbraue.

»Och menno! Das ist gemein! Mich weckst du auch immer, wenn ich mal länger schlafe … weil ich sonst keinen Mittagsschlaf machen kann.«

Nun hob *mamie* auch noch die andere Augenbraue, was kein gutes Zeichen war. »Ich glaube nicht, dass die beiden einen Mittagsschlaf machen.«

»Was?« Manon stemmte die kurzen Ärmchen in die Seiten. »Aber du hast selbst gesagt, ohne Mittagsschlaf ist man nur ein halber Mensch!«

Irritiert bemerkte Manon, dass Julie und ihre Kollegin Céline sich schmunzelnd abwandten. Was war daran so lustig? Wussten die beiden etwa, dass sie öfter schummelte und nur so tat, als ob sie schliefe, um dann heimlich zu spielen?

»Stimmt, das hab ich gesagt. Wir werden Xavier und Ella einfach fragen, sobald sie aufgewacht sind, ja? Bis dahin kannst du Julie beim Verzieren helfen«, sagte *mamie* und deutete auf die Honigkuchen, die die Studentin gerade glasierte, um anschließend eine geschälte Mandel in die Mitte zu drücken.

»Nö, keine Lust.«

Manon sprang auf und trollte sich, ehe sie noch etwas anderes aufgetragen bekam. Den Müll runterbringen oder ihr Zimmer aufräumen oder gar Haare waschen, was sie überhaupt nicht leiden mochte, weil das immer so fies ziepte. *Mamie* und sie waren nicht ganz einer Meinung, wie oft man sich die Haare waschen sollte. Einmal im Monat oder besser alle zwei Monate hätte Manons Ansicht nach locker genügt.

Sie hüpfte die Treppe in den ersten Stock hinauf und wäre beinahe mit Ella zusammengestoßen, die aussah wie gerade erst aus dem Bett gekrochen: ein wirrer Lockenkopf, die Augen geschwollen und rot, auf der Wange einen Streifen. Unter ihrer Jacke lugte die Schlafanzughose hervor, ihre Füße steckten in Pantoffeln.

»Guten Morgen, Manon«, begrüßte Ella sie. »Hast du zufällig einen braunen Karton gesehen? Er muss hier irgendwo sein, ich bin mir sicher, dass wir ihn gestern mit ausgeladen haben.«

Nach kurzem Überlegen schüttelte das Mädchen den Kopf. »*Non*, da ist kein Karton. Was ist denn da drin?« Zum Glück war *mamie* noch in der Backstube, sonst hätte sie jetzt wieder einen Rüffel bekommen, weil sie so neugierig war.

»Antons Futter.« Ella klang verzweifelt. »Wenn ich es zu Haus vergessen habe, kann ich mich auf was gefasst machen, das wird mir der verwöhnte Kerl ganz schön übel nehmen.«

»Warte!«

Wie der Blitz rannte Manon in ihr Zimmer und

stand keine Minute später wieder vor Ella. Sie streckte der verblüfften Deutschen eine Handvoll Trockenfutterpellets entgegen, die ihr durch die halb geöffneten Finger rieselten und über die Fliesen im Treppenhaus kullerten.

»Hier, das ist Monsieur Lapins Crispy Müsli, das schmeckt Anton bestimmt. Darf ich es ihm geben?« Ein Blick aus kugelrunden Augen. »Bitte?«

Ein Strahlen überzog Manons Gesicht, als Ella nickte, und sie folgte dem Gast unters Dach in die Ferienwohnung, wo der Kater protestierend und mit hoch aufgerichtetem Schwanz vor der Küchentür auf und ab lief.

»Anton!«

Vor Begeisterung hätte Manon fast den Rest Müsli fallen lassen. Sie beugte sich hinunter, um den Kater zu streicheln, der sich ihr sofort laut schnurrend entgegenwarf. Manon öffnete die Hand und streckte sie ihm siegessicher hin. Prüfend schnüffelte der Kater daran und verzog das Gesicht, als hätte sie ihm eine Stinkbombe unter die Nase gehalten.

»Och«, sagte sie enttäuscht. »Magst du das nicht?« Sie konnte es nicht fassen.

Ella, die sich inzwischen angezogen hatte, stand mit einer Einkaufstasche hinter ihr. »Danke für das schöne Bild«, sagte sie, und Manon freute sich. »Wo ist denn der nächste Supermarkt? Dann gehe ich was Leckeres für Anton kaufen«, sagte sie.

Manon erklärte es ihr und stürmte aufgeregt in ihr Zimmer.

Sie hatte nämlich eine Idee.

Nachdem sie den Wasserfarbkasten und verschiedene Pinsel auf ihrem Schreibtisch zurechtgelegt hatte, ging sie ins Bad und wickelte die komplette Rolle Toilettenpapier ab. Hoffentlich schimpfte *mamie* nicht, wenn sie den Berg auf dem Boden sah, aber es war ja für eine gute Sache. Und dringend. Das würde sie schon verstehen.

In der Abstellkammer kletterte Manon auf einen der Küchenstühle, den sie mit aller Kraft dorthin geschoben hatte. Wenn sie sich auf die Zehenspitzen stellte, reichte sie genau bis zu dem Bord, auf dem die Kiste mit dem Werkzeug stand. Vorsichtig angelte sie Packband und die lange, spitze Schere heraus, die sie eigentlich nicht anfassen durfte, kehrte zurück in ihr Zimmer und fing an zu basteln.

Zuerst bohrte sie mit der Scherenspitze in großen Abständen mehrere Löcher in die Rolle, die sie zu Dreiecken und Quadraten schnitt, etwa einen halben Zentimeter groß. Danach malte sie den Karton bunt an, ließ ihn auf der Fensterbank trocknen und klebte die beiden großen Öffnungen auf der Seite mit Packband zu. In eine von beiden schnitt sie einen Schlitz. Dann schob sie eine Handvoll Perlen hindurch, aus denen sie sonst Armbänder bastelte, und legte das Ding auf den Boden. Sie rollte es ein paarmal probeweise hin und her und sah zu, wie die Perlen herausfielen.

Zufrieden mit dem Ergebnis ging sie wieder hinauf zu den deutschen Gästen und klopfte. Als Xavier ihr öffnete, hielt sie ihm die bemalte Klorolle hin, auf der Anton beim Fressen zu sehen war.

Xavier wusste sichtlich nichts damit anzufangen. »Hallo, Manon, was ist das? Ein Willkommensgeschenk für mich?«

Empört schüttelte das Mädchen den Kopf. »Na, das sieht man doch. Das ist eine Futtermaschine für Anton. Damit frisst er bestimmt wieder.«

»Aha. Und wie funktioniert dein toller Automat?«

Manon konnte nicht glauben, wie begriffsstutzig er war. »Ganz einfach.« Sie deutete auf den Schlitz an der Seite. »Da musst du das Trockenfutter reintun, siehst du?«

Xavier nickte. »Und dann?«

»Darf ich es dir zeigen?«

»Klar doch. Komm rein.«

Das Mädchen lief an ihm vorbei in die Küche, wo Anton vor seinem Futternapf saß und eingeschnappt vor sich hinstarrte. Ella stand ratlos daneben.

»Guckt mal, ich hab was gebastelt, damit Anton wieder frisst«, sagte sie.

»Oh, das ist aber lieb.« Ella betrachtete die Klorolle und reichte ihr eine Schachtel Trockenfutter.

Manon kniete sich neben Anton und streichelte

ihn, ehe sie die Rolle befüllte und sie vor den Kater hinlegte.

Skeptisch schnupperte er daran und versetzte dem Ding einen Tatzenhieb. Prompt kullerte die Futtermaschine ein paar Zentimeter von ihm weg, wobei einige Bröckchen herausfielen. Der Kater ging in Lauerstellung, seine Schwanzspitze zuckte, während er das seltsame Ding anstarrte. Dann machte er einen Satz und stürzte sich auf eines der Bröckchen. Er schlang es herunter und fing an zu schnurren, während er die Rolle mit der Vorderpfote vor sich her schob. So bewegte er sich durch den ganzen Raum und futterte ein Bröckchen nach dem anderen, bis nichts mehr herauskam. Zufrieden setzte er sich hin und fing an, sich ausgiebig zu putzen.

Manon strahlte übers ganze Gesicht, als Xavier sie vor Freude umarmte.

»Vielen Dank, meine Süße, das hast du super hinbekommen. Du bist eine echte Katzenzauberin«, lobte Ella.

Das Mädchen wollte gerade fragen, ob es Monsieur Lapin holen durfte, damit er und Anton ein bisschen miteinander spielten, da rief *mamie* zum Mittagessen. Ausgelassen verabschiedete sie sich und hüpfte die Treppe hinunter, um ihrer Großmutter alles zu erzählen. Manon war überglücklich, dass Anton nicht verhungern musste. Sie hatte sich schon Sorgen um den Kater gemacht.

Der Nachmittag verging wie im Flug. Manon packte in der Backstube wieder kräftig mit an, damit alles rechtzeitig fertig wurde. Julie und Céline wollten die Sachen auf dem Nachhauseweg noch ausliefern, während das Mädchen mit seiner Großmutter die Backstube aufräumte und alles sauber machte.

Um halb neun lag Manon erschöpft in ihrem Bett und lauschte den Geräuschen von Monsieur Lapin, der an seiner Gutenachtkarotte knabberte. Das vertraute Schaben war beruhigend und tröstlich zugleich.

Seit zwei Jahren gehörte das Kaninchen ihr nun schon, und sie konnte sich ein Leben ohne ihren Freund nicht mehr vorstellen. Wenn sie traurig war, drückte sie die Nase in sein weiches Fell. Monsieur Lapin hielt dann ganz still und schmiegte sich an sie, so als spürte er, wie gut er ihr tat. *Mamie* hatte ihr den kleinen Kerl geschenkt, damit sie abends in ihrem Zimmer nicht so alleine war.

Kurz vor dem Einschlafen musste Manon nämlich immer besonders an *maman* und *papy* denken, und manchmal wurde sie traurig. Sie hatte kaum Erinnerungen an ihre Eltern, kannte sie hauptsächlich von den Fotos in dem Album, das *mamie* manchmal mit ihr zusammen ansah. Bloß wurde ihre Oma dann auch jedes Mal traurig, und das war nicht schön.

Wie schon so oft versuchte sie sich vorzustellen, wie ihre Eltern wohl heute aussahen, und wenn sie die Augen fest zumachte und sich ganz doll konzentrierte, konnte sie die beiden nicht nur sehen, sondern auch ihre Stimmen hören. Sie malte sich aus, wie ihre *maman* an ihrem Bett saß und ihr eine Geschichte vorlas, wie sie ihr dabei übers Haar strich und sich über sie beugte, sodass Manon ihr Parfüm riechen konnte. Es war ein leckeres Parfüm, so wie das von ihrer Mathelehrerin Madame Ferrand, und roch ein bisschen nach Veilchen und Zitrone. In der Schule tat Manon manchmal so, als hätte sie eine Aufgabe nicht verstanden, und ließ sie sich von Madame Ferrand nach der Stunde noch mal erklären, nur damit sie das Parfüm riechen konnte.

Manon schloss die Augen. »Gute Nacht, Monsieur Lapin, schlaf gut«, sagte sie und mummelte sich in ihre Decke.

Plötzlich musste sie wieder an die Szene mit dem wütenden Mann denken, der gestern ihre Großmutter angebrüllt hatte. Ganz böse Sachen hatte er gesagt, von denen sie aber nur die Hälfte verstanden hatte. Wenn ihr *papy* noch leben würde … der hätte den finster guckenden Kerl sicher fortgejagt. *Mamie* dagegen hatte ausgesehen, als wäre sie einem Geist begegnet. Was es mit der Drohung wohl auf sich hatte? Konnte der Mann ihnen was Böses tun?

Wie gerufen trat ihre Großmutter ins Zimmer, um ihr wie jeden Abend einen Kuss zu geben. Sie schien direkt aus der Backstube zu kommen, wo sie vor Weihnachten oft bis spätabends arbeitete, denn sie hatte Teigspuren im Gesicht.

Manon fuhr mit dem Finger darüber und schob ihn sich in den Mund. »Hm, Honigkuchen mit Zimt, die mag ich besonders gerne.«

*Mamie* versuchte, streng zu gucken, was ihr so gut wie nie gelang. »Nicht. Du hast dir doch schon die Zähne geputzt, oder?«

Sie nickte, und es stimmte tatsächlich. Es lohnte sich nicht zu schwindeln, vor Großmama Joséphine konnte sie sowieso nichts verbergen.

»Was ist denn? Du siehst aus, als würde ein Geist unter deinem Bett liegen, der dir Angst macht.«

Sofort hatte Manon den finsteren Kerl wieder vor Augen. »Was wollte dieser komische Monsieur gestern Abend von dir, Oma Josi? Kommt er noch mal wieder? Ich hab Angst vor ihm.«

»Keine Sorge, mein Schätzchen, der tut uns nichts. Ich habe ihn verjagt und ihm mit der Ofenschaufel gedroht, wenn er sich hier noch mal blicken lässt«, erklärte sie, und ihre Stimme zitterte ein kleines bisschen.

Manon schloss die Augen und wartete, bis ihre Großmutter die Tür leise zugezogen hatte. Dann schlug sie die Decke zurück, ging zum Hasenkäfig und nahm Monsieur Lapin heraus. Sofort kuschelte sich das Kaninchen in ihre Armbeuge und kitzelte sie auf der Haut.

»Monsieur Lapin, an der Sache ist was faul. Wir müssen diesen bösen Mann im Auge behalten. Bist du dabei?«

Sie war ganz sicher, dass ihr kleiner Freund gerade genickt hatte. Zufrieden setzte sie ihn zurück in seinen Käfig und schlüpfte ins Bett.

Kaum hatte ihr Haarschopf das Kissen berührt, war sie auch schon eingeschlafen.

# 3

Ella war begeistert, als sie am nächsten Tag mit Xavier durch die Gassen der Altstadt von Dijon schlenderte. Eiskristalle setzten sich auf ihre Pudelmützen und Jacken, ihre Schritte knirschten im Schnee und hinterließen tiefe Spuren. Die ganze Nacht über hatte es geschneit, und die Szenerie wirkte wie aus einem Märchen. Es war bitterkalt. Die Maroniverkäufer in ihren Daunenjacken und Schals drängten sich an ihre Heizstrahler, und selbst die Fachwerkhäuser, an deren Fensterscheiben Eisblumen bizarre Muster bildeten, schienen ein Stück enger zusammenzurücken.

In dem malerischen Städtchen in der Bourgogne, das in aller Welt für seinen Senf bekannt ist, herrschte in der Vorweihnachtszeit ein besonderes Flair. In den Straßen duftete es nach dem berühmten *pain d'épices*, den für die Region typischen Honigkuchen, die auch Madame Bernard herstellte. Ella ließ den Blick über die bunten Fassaden und Schaufenster der liebevoll dekorierten Läden wandern. Die Gebäude waren weitgehend erhalten, und sie fühlte sich in alte

Zeiten zurückversetzt. Es kam ihr sogar noch schöner vor als bei ihrem Kurzbesuch im November.

Hand in Hand schlenderten die beiden Verliebten durch die Fußgängerzone auf Notre-Dame zu. Die gotische Kirche mit den Arkaden war ein Meisterwerk burgundischer Baukunst aus dem dreizehnten Jahrhundert.

»Wow, ist die schön«, sagte Ella beeindruckt und vergaß darüber sogar ihre Sorgen um Anton, der heute früh schon wieder nicht gefressen hatte. Selbst Manons Futtermaschine hatte er ignoriert und war beleidigt davongestapft. Gerne hatte sie den Kater nicht alleine zurückgelassen, aber sie hoffte, dass er sich bald beruhigte. Und das Mädchen hatte versprochen, ihm mit Monsieur Lapin einen Besuch abzustatten. Die Enkelin von Madame Bernard war wirklich zu niedlich.

Xavier deutete nach oben und riss sie aus ihren Gedanken. »Siehst du die Reihen mit den Wasserspeiern? Das sind alles bloß Attrappen. Die echten wurden schon vor Jahrhunderten zerstört. Laut Legende ist ein Wucherer bei seiner Hochzeit von einem der Speier erschlagen worden, woraufhin man sie alle entfernt hat.«

»Tja, vielleicht hatte er's ja verdient.«

Mit einem Achselzucken zog Xavier sie weiter auf die linke Kirchenseite bis zu einer steinernen Eule in der Wand. »Wenn du sie mit der Hand des Herzens berührst«, sagte er und hob den linken Arm, »dann erfüllt sie dir einen Wunsch.«

»Ach, das ist ja wie bei den Bronzelöwen vor der Residenz in München. Wenn man denen über die Schnauze streichelt, bringt das Glück.« Sie lachte. »Angeblich. Aber die Münchner glauben dran, die Nasen sind schon ganz abgewetzt und glänzen«, erzählte Ella und fuhr ebenfalls über die Eule.

»Na, was hast du dir gewünscht? Hat es etwas mit mir zu tun?« Xavier übte sich im perfekten Dackelblick.

»Träum weiter«, neckte Ella ihn und küsste ihn aufs Ohrläppchen. »Selbst wenn's so wäre, ich würde es dir nicht sagen. Sonst geht der Wunsch am Ende nicht in Erfüllung.«

Xavier legte den Arm um sie und dirigierte sie weiter auf dem Rundgang der Eule, einer originellen Idee des Fremdenverkehrsamtes, wie Ella fand. Auf dem etwa einstündigen Spaziergang, der an der Place Darcy begann und einmal durch den Stadtkern führte, kam man an allen wichtigen Sehenswürdigkeiten vorbei. Verfehlen konnte man den Weg nicht, denn in das Pflaster waren in regelmäßigen Abständen dreieckige Pfeile aus Messing mit einer eingravierten Eule eingelassen, denen man nur zu folgen brauchte. Jede der zweiundzwanzig Etappen war ebenfalls mit einer nummerierten Eule versehen, und Xavier hatte zusätzlich die Eulen-App heruntergeladen, sodass sie die Erklärungen an den einzelnen Stationen anhören konnten.

Aus den Lautsprechern, die überall an den Hauswänden angebracht waren, schepperte Weihnachtsmusik. Die Stimme von Chris Rea war fast nicht zu erkennen, so blechern klang sie, doch Ella kannte jede Zeile auswendig und sang leise mit: »*Driving home for Christmas with a thousand memories.*«

»Wieso spielen die hier eigentlich englische Weihnachtslieder?«, fragte sie. »Ihr seid doch sonst so patriotisch.«

»Och, wir sind halt auch großzügig.«

»Oder die Engländer können schöner singen«, sagte sie keck.

Dann fiel ihr Blick auf das Kinderkarussell, das mitten auf dem Marktplatz neben einem großen Brunnen vor einem windschiefen roten Fachwerkhaus stand. Chris Rea und seine Fahrerei waren vergessen. Das Karussell sah aus wie aus der Zeit gefallen. Das spitze Zeltdach mit den bunten Lämpchen spannte sich über das betagte, aber auf Hochglanz polierte Rondell, auf dem sich eine Kutsche, ein Oldtimer, eine Muschel, mehrere Pferde und eine offene Propellermaschine im Kreis drehten – alles aus Holz und kunstvoll bemalt.

»Was ist das denn?«, rief Ella. »Das sieht ja aus wie eine Kulisse von *Das Kabinett des Doktor Panassus.*« Da Xavier nur irritiert guckte, fügte sie hinzu: »Kennst du den nicht? Ist mit Johnny Depp.«

Spöttisch hob er die Augenbrauen. »Na, dann muss er ja gut sein.«

»Komm, wir fahren eine Runde.« Ausgelassen zog Ella ihn mit sich auf das altmodische Kassenhäuschen zu, auf dem in geschwungenen braunen Lettern auf beigem Grund *Carrousel Bailly Cochet 1900 – Caisse* stand.

Er zögerte und sah sich um, als wollte er sich vergewissern, dass ihn niemand erkannte.

»He, was ist? Kneifst du etwa? Die beiden weißen Pferde da sind doch wie für uns gemacht.« Ellas Augen leuchteten wie die einer Fünfjährigen in Disneyland, als sie zwei Tickets löste.

Mit den Karten in der Hand stürmte sie juchzend auf die Plattform und schwang sich in den Sattel. Der kleine Junge in dem Oldtimer vor ihr drehte sich um und starrte sie verdattert an. Erst jetzt merkte sie, dass Xavier gar nicht mitgekommen war, und wollte ihn rufen, doch als sie sich umwandte, sah sie ihn mit einer dunkelhaarigen Schönheit zusammenstehen. Küsschen links, Küsschen rechts und noch mal links, dazu ein strahlendes Lächeln und auch bei Xavier eindeutig zu viel Begeisterung über das Wiedersehen.

Ella wollte gerade wieder absteigen und zu den beiden gehen, da setzte sich das Karussell in Bewegung. Sie verrenkte sich schier den Hals, während sie versuchte, ihren Freund und die Fremde im Blick zu behalten. Die beiden amüsierten sich prächtig, und

Xavier schien gar nicht zu bemerken, dass sie ohne ihn im Kreis fuhr. Als er in ihre Richtung guckte, hob sie die Hand, um ihm zu winken, ließ sie aber gleich wieder sinken. Die junge Frau stand dicht vor Xavier, hatte ihn an beiden Händen gefasst und redete auf ihn ein.

Wie auf Knopfdruck wich Ellas Hochstimmung Eifersucht, die sich schmerzhaft in ihre Magengrube bohrte. Von einer Sekunde auf die andere waren all die Zweifel wieder da, mit denen sie seit Wochen kämpfte – mit voller Wucht, so als hätte sie sie die ganze Zeit mühsam unter Wasser gedrückt, und nun drängten sie mit aller Gewalt an die Oberfläche. Mehr als einmal hatte sie Angst vor ihrer eigenen Courage bekommen und mit sich gehadert, ob sie wirklich alles aufgeben und ihre Zelte in Deutschland abbrechen sollte. Aber dann hatte sie sich gesagt, dass Xavier den Versuch wert war und sie im schlimmsten Fall jederzeit zurückkehren konnte. Letzteres beruhigte sie. Und noch war sie ja nicht umgezogen, sondern nur für vier Wochen zu Besuch. Aber was Xavier anging …

Wenn sie ehrlich war, kannte sie ihn kaum. Klar, der Funke zwischen ihnen war im August sofort übergesprungen, und sie war nach wie vor total in ihn verliebt. Nur ob das reichte? Ihr Bauch rief ja, ihr Kopf mahnte zur Vorsicht.

Sie hielt erneut nach ihm Ausschau und stellte entsetzt fest, dass er und die unbekannte Schöne verschwunden waren. Panik stieg in ihr auf, und sie wäre am liebsten von dem fahrenden Karussell gesprungen.

»Mach dich nicht lächerlich, Ella Böhm, und verrenn dich nicht in Hirngespinste. Wahrscheinlich ist sie seine Schwägerin.« Sie seufzte, denn daran glaubte sie nun wirklich nicht.

Ihre Unsicherheit machte sie rasend. So kannte sie sich gar nicht. Wenn jetzt doch nur Isi da wäre. Ihre beste Freundin würde sie sofort von dem Trip runterholen.

Das Karussell wurde langsamer, und noch ehe es zum Stillstand gekommen war, glitt Ella vom Rücken des Pferdes und stand wieder auf dem Kopfsteinpflaster des Marktplatzes. Eine mit mehreren Taschen beladene ältere Dame ging so dicht an ihr vorbei, dass sie einen Schritt zurückweichen musste. Der Platz war voller Menschen: Frauen mit quengelnden Kindern im Schlepptau, Männer, die zusammenstanden und rauchten, eine Schlange vor dem Maronistand und eine Gruppe Touristen, die die Köpfe hoben und die Fassade eines der Fachwerkhäuser bestaunten, während der Reiseführer ihnen etwas erklärte. Nur von Xavier keine Spur.

Ella drehte sich um die eigene Achse, genau wie das inzwischen wieder voll besetzte Karussell, auf dem quietschvergnügte Kinder ihren Eltern zuwinkten. Sie hatten sich im Vorweihnachtstrubel für zwei Euro ein paar Minuten Verschnaufpause erkauft. Enttäuscht starrte Ella auf das Ticket in ihrer Hand und schenkte es spontan einem Mädchen, das mit ihr zusammen seine Runden gedreht hatte und nun weinte, weil es nicht noch einmal mitfahren durfte. Die Kleine strahlte übers ganze Gesicht, und die Mutter bedankte sich überschwänglich. Augenblicklich ging es Ella besser.

»*Ma puce!*«, schallte plötzlich eine wohlbekannte Stimme quer über den Platz, und Ella fuhr herum.

Nie zuvor war sie so froh gewesen, den ungeliebten Kosenamen zu hören. Sie stürmte auf Xavier zu, der genüsslich in eine Portion Zuckerwatte biss und ihr eine zweite hinhielt. »Für dich.« Er strahlte. »Wenn wir uns schon wie kleine Kinder benehmen, dann richtig.«

Den Wo-warst-du-Klassiker vermochte sie gerade noch herunterzuschlucken, aber die nächste Frage kam ihr über die Lippen, ehe sie ihr Gehirn einschalten konnte. »Wer war die Frau?«, sagte Ella, und ihre Stimme drohte zu kippen, auch wenn sie sich noch so sehr um Beherrschung bemühte.

Xavier schien gar nicht zu merken, dass ihre Gefühle gerade Samba tanzten, und erwiderte arglos: »Das war Chloë, mein Cousinchen. Warum?«

Der Stein, der Ella vom Herzen fiel, wäre sicher in Australien wieder rausgekommen, so schwer war er.

Sie verdrängte das Bild, wie Chloë ihren Freund an den Händen gefasst hatte, und sagte betont lässig: »Och, nur so.«

»Sie war ein Jahr in Amerika, wir haben uns ewig nicht gesehen. Du musst sie unbedingt bald kennenlernen, ihr werdet euch bestimmt gut verstehen.«

»Au ja, ich frage mich sowieso, wann du mir endlich deine Familie vorstellst. Stimmt irgendwas nicht mit denen?«

»Nein, wir sind nur ganz normale Irre.« Er wandte sich um und deutete auf das Karussell. »Was ist? Drehst du noch eine Runde mit mir oder ist dir kalt? Da drüben gibt es übrigens Glühwein.«

Dankbar ging sie auf das Angebot ein und murmelte: »Glühwein wäre jetzt super.«

Gut gelaunt nahm Xavier sie an der Hand und zog sie zu einer Brasserie, vor der unter weinroten Sonnenschirmen eine Menschentraube stand. Der Wirt hatte Heizpilze aufgestellt und schenkte zusammen mit zwei hübschen jungen Frauen an einer improvisierten Bar *vin chaud* aus. Obwohl sie zu dritt waren, konnten sie den Andrang kaum bewältigen.

Als sie von dem duftenden Getränk probiert hatte, wunderte Ella sich nicht mehr. Der *vin chaud* schmeckte nicht nur superlecker, sondern wärmte auch von innen, und ihre Sorgen samt Chloë waren spätestens nach dem zweiten Becher vergessen. Xavier erzählte so lustig von seiner Familie, dass sie sich richtig darauf freute, alle kennenzulernen, und sie einen kurzweiligen Nachmittag verbrachten. Ella spürte, dass sie und Xavier zusammengehörten, an seiner Seite ging es ihr gut, und sie schämte sich ein bisschen für ihren Eifersuchtsanfall auf dem Karussell.

Nachdem sie in einem Supermarkt noch ein paar Dosen Katzenfutter besorgt hatten, schlenderten sie in der Abenddämmerung eng umschlungen durch die verschneiten Gassen zurück zum Haus von Madame Bernard. Ella blieb vor einem der weihnachtlich dekorierten Geschäfte stehen und fotografierte einen mit Glitzerkugeln geschmückten weißen Plastikweihnachtsbaum, der in einem Holzscheit steckte. So etwas hatte sie in Deutschland noch nicht gesehen.

Über ihren Köpfen schwebte ein Lichterteppich aus blauen und weißen LED-Strängen, dazwischen immer wieder kugelförmige Gebilde, Sterne in allen Formen und Kronleuchter aus unzähligen Lämpchen. Es sah wunderschön und sehr festlich aus.

»Guck mal«, sagte Ella verzückt, als sie an einem Feinkostladen vorbeikamen, in dessen Schaufenster sich die Waren nach Farben sortiert türmten. »Da gibt es tausend verschiedene Honigsorten.«

Xavier grinste sein Franzosengrinsen. »Das sind Senfgläser. Wie du weißt, sind wir hier in Dijon, der Hauptstadt des S…«

Sie stöhnte. »Danke für die Info. Soll ich dich jetzt Monsieur IWA nennen, oder was?«

»IWA?«

Ella ließ ihn ein bisschen zappeln, bevor sie auf Deutsch sagte: »Monsieur Isch-weiß-allés«, wobei sie die letzte Silbe besonders betonte.

»Das sagt die Richtige«, foppte er sie. »Was bist du dann? Mademoiselle IWSAB?«

»Ja klar«, erwiderte sie gespielt hochnäsig, obwohl sie keinen blassen Schimmer hatte, was sich dahinter verbarg, und lief ein bisschen schneller.

»Ist übrigens eine echt französische Eigenkreation.« Er holte sie ein, hakte sie unter und begegnete ihrem herausfordernden Blick. »Mademoiselle Ich-weiß-sowieso-alles-besser.« Dann spurtete er los, als wüsste er, was ihm blühte, wenn sie ihn erwischte.

Außer Atem und lachend kamen sie vor einer Confiserie zum Stehen, und Ella drückte sich die Nase an dem Schaufenster platt. Zwischen Tannenzweigen standen Weidenkörbe mit Früchtebrot, Lebkuchen mit glasierten Früchten, bedruckte Dosen mit Honigkuchen, Schokoladenschneemänner, knallbunt verpackte *nonettes* in allen Geschmacksrichtungen, *pain d'épices* mit Honig, Sanddorn, Mandeln oder Zimt und dazwischen jede Menge Schokokringel in Zellophantütchen. Ella lief das Wasser im Mund zusammen.

»Komm, lass uns reingehen. Das sieht alles so lecker aus.«

Xavier rümpfte die Nase. »Der Laden gehört zu einer Großbäckerei, die zig Filialen hat und die alteingesessenen Familienbetriebe in die Enge treibt. Die Sachen kommen aus der Fabrik und sind nicht halb so lecker wie bei unserer Vermieterin.«

»Aber so schön farbenfroh. Ich will mich nur ein bisschen umsehen.«

Ella wollte schon in den hell erleuchteten Laden stürmen, als sie merkte, dass Xavier wie gebannt durch die Scheibe auf zwei Männer starrte. Irritiert folgte sie seinem Blick. Die beiden, ein eleganter älterer Herr im Anzug und ein breitschultriger, dunkelhaariger Mann mit einem Käppi in den Farben der Confiserie, schienen heftig zu diskutieren und gestikulierten wild.

»Das ist doch der fiese Typ, der Madame Bernard vorgestern bedroht hat«, sagte Xavier.

»Echt jetzt?«

»Ja, der im Anzug. Erkennst du ihn denn nicht?«

»Nö.« Sie lachte. »Der andere sieht viel fieser aus, findest du nicht?«, fügte sie hinzu und betrat ohne Xavier den Laden.

Anton war außer sich. Erst hatte Ella ihn ungefragt in die Transportbox gesperrt und einmal quer durch halb Europa – schön und gut, immerhin nicht zum

Tierarzt – gekarrt. Dann hatten sie ihm eine Pampe vorgesetzt, die nicht mal ein halb verhungerter Vielfraß als akzeptabel bezeichnen würde, damit er sich am Ende Trockenfutter aus einer bemalten Klopapierrolle hatte angeln dürfen – ganz davon abgesehen, dass die paar Bröckchen ohnehin nur für den hohlen Zahn gewesen waren. Also wirklich! Außerdem roch sein Katzenkorb seit der Autofahrt komisch, und er mochte gar nicht mehr darin schlafen. Irgendwie lief seit zwei Tagen alles suboptimal.

Und nun das hier.

Wo war nur seine Würde geblieben?

Und wo waren Ella und Xavier? Wenn sie ihn schon so mir nichts, dir nichts verpflanzten, wieso sorgten sie dann nicht wenigstens für leckeres Futter? War das denn so schwer?

Stattdessen hatten sie ihn alleine gelassen mit diesem … diesem müffelnden Flusenteil.

Seit wann lebten Katzen mit Karnickeln unter einem Dach? Das hatte die Natur ganz sicher nicht vorgesehen. Kaninchen waren Beute, keine Mitbewohner. Abgesehen davon war Anton gar nicht WG-fähig, jedenfalls was andere Vierbeiner anging. Er war doch kein Labrador, der sich mit allem arrangierte und anbiedernd mit dem Schwanz wedelte, sobald jemand im Umkreis von hundert Metern freundlich guckte! Bei Zweibeinern dagegen machte er eine Ausnahme, aber die sorgten auch für sein

Wohlbefinden und legten überall Kuscheldecken für ihn aus.

Fassungslos saß der Kater da und sah zu, wie das Kaninchen um ihn herumhoppelte und an seinem Futternapf schnüffelte. He, weg da!, dachte er. Das Zeug schmeckt zwar nicht, aber es gehört immer noch mir. Drohend hob er die Tatze und fauchte, doch das Fellknäuel hüpfte unbeeindruckt weiter und trank nun sogar von seinem Wasser. Frechheit! Kein Respekt, diese Franzosen.

Antons Magen knurrte, und er überlegte, ob er sich auf den ihm aufgenötigten Mitbewohner stürzen sollte. Vielleicht schmeckte das Flusendings ja ganz gut? Obwohl er nicht erkennen konnte, wie viel Fleisch an ihm dran war, weil es aussah wie ein explodierter entfernter Cousin von Bob Marley. Aber wenn er seinem Jagdtrieb nachgeben und das Fellknäuel erlegen würde, bekäme er mit Sicherheit Ärger. Und Ärger konnte er jetzt nicht auch noch gebrauchen. Hunger war schlimm genug.

Ella sagte immer, man solle die Dinge positiv sehen, und was das anging, hatte sie ausnahmsweise mal recht. Obwohl… Er blickte sich um. Da waren nur das Kaninchen und das eklige Futter. Hm. Ob er mal einen Kurs in positivem Denken belegen sollte?

Sonst hatte sie nicht so oft recht, fand er. Vor allem dann nicht, wenn sie ihm all die schönen Sachen verbot, die das Hauskatzenleben erst schön machen.

Also die Krallen an Tapeten, Türrahmen oder Möbelstücken schärfen, auf dem Bett Bergsteigen üben, sofern Menschen unter der Decke liegen, Vögel auf der Terrasse erlegen und auf dem Wohnzimmerteppich verspeisen, beim Bettenmachen tatkräftig mithelfen und sich ins Laken verbeißen, Milchreste mit der Pfote aus herumstehenden Tassen stibitzen, mit dem Wassernapf Hockey spielen, mit Anlauf in den Korb mit frisch gewaschener Wäsche springen und sich ausgiebig darin wälzen oder das berühmte Lass-mich-rein-dann-will-ich-gleich-wieder-raus-Spiel spielen ... Ach, die Liste war endlos lang.

Anfangs hatte sich Anton heftig gegen diese unsinnigen Benimmregeln und Verbote gewehrt. Verbote verdarben einem bloß den Spaß im Leben, selbst wenn man als Katze gleich sieben davon hatte. Er hatte daher versucht, Ella Sinn und Zweck dieser katzenlebensnotwendigen Eigenarten zu erklären – vergeblich. Sein Lieblingsmensch konnte sturer sein als ein Rauhaardackel, und das wollte etwas heißen. Aber der Kater war auch stur und verlieh seinen Forderungen Nachdruck. Oder besser, er machte seinem Ärger ungefiltert Luft. Jedenfalls gehörte er nicht zu denjenigen, die ihren Frust in sich hineinfraßen. Er war für klare Ansagen und ließ Taten sprechen.

So wie damals, als Dr. Windisch ihn wegen diesem Impfquatsch in den Po gezwickt hatte. Das hatte er unmöglich auf sich sitzen lassen können. In den darauffolgenden Tagen hatte der Kater mit schöner Regelmäßigkeit Spuren seines Unmuts hinterlassen. Flüssige Spuren. In Ellas Handtasche, auf dem Badvorleger, in ihren Hausschuhen. Zu seinem Erstaunen hatte sie kein einziges Mal mit ihm geschimpft, sondern die besudelten Beweismittel seines stummen Protests klaglos im Mülleimer entsorgt. Im Nachhinein schämte der Kater sich zwar ein bisschen für die heftige Aktion, aber so hatte Ella wenigstens kapiert, dass er sich nicht alles gefallen ließ. Von Impfung war seither keine Rede mehr gewesen, was Anton als Erfolg verbuchte.

Jedenfalls hatten Ella und er nach langem Hin und Her einen Kompromiss im Umgang mit ihren unsinnigen Regeln gefunden. Anton hielt sich überwiegend daran und tobte sich in seinem Revier aus. Und wenn er sich mal nicht daran hielt, dann versuchte er sich wenigstens nicht erwischen zu lassen. Komischerweise wusste sie trotzdem jedes Mal, dass er der Übeltäter war, auch wenn er noch so unschuldig guckte.

Egal, mit diesem Arrangement konnte Anton halbwegs leben. Und wenn es ihm zu anstrengend wurde, spazierte er einfach eine Etage höher zu Oma Gerda. Bei der hatte er garantiert Narrenfreiheit. Und er hatte Lizzy.

Hach, Lizzy! Er vermisste die hübsche Siamkatze.

Mindestens so sehr wie die leckeren Cat Sticks mit Kabeljau von Oma Gerda.

Das Flusenkaninchen roch an seiner Schwanzspitze, doch Anton merkte es gar nicht. Ein jäher Schreck durchzuckte ihn. Was, wenn er für immer hierbleiben musste? Wenn er Lizzy und Oma Gerda nie mehr wiedersah? Das wäre der Super-GAU.

Anton beschloss, das Kaninchen mit Nichtachtung zu strafen, und trat den Rückzug an. Er verkroch sich unter die Eckbank, wo er sich zusammenkauerte und sich ein bisschen in Selbstmitleid übte. Selbstmitleid konnte er ganz gut. Besser als Goldfische fangen. Oder sich mit Karnickeln anfreunden.

Sein Magen knurrte erneut. Es war schon früher Abend, und er hatte heute noch nichts angerührt. Nicht mal das Trockenzeugs in der Klorolle. Sonst fütterten die ihn am Ende nur noch damit. Das durfte er gar nicht erst einreißen lassen.

Der Unterschied zwischen Glück und Unglück waren angeblich nur zwei Buchstaben. Aber das stimmte nicht, fand Anton. Der Unterschied zwischen Glück und Unglück hatte ein Abtropfgewicht von exakt siebzig Gramm, und entscheidend war, ob sich diese siebzig Gramm in seinem Futternapf befanden oder nicht.

Momentan war der Napf jedenfalls leer, weil Ella das unangetastete Futter in den Mülleimer geworfen hatte.

Die Tür ging auf, Ella und Xavier kamen herein, hinter den beiden Manon, die sich sofort auf ihr Kaninchen stürzte.

»Na, Monsieur Lapin, habt ihr beiden schon Freundschaft geschlossen?«

Danke, kein Interesse, dachte Anton und drückte sich noch ein bisschen fester an die Wand.

Da erschien Ellas Kopf zwischen den Stuhlbeinen. »He, kleiner Mann, komm mal raus aus deiner Schmollecke.«

Pfff!

»Anton, jetzt sei doch nicht so.«

Schwacher Versuch. Demonstrativ vergrub er die Nase im Fell und kniff die Augen fest zusammen. Lass mich bloß in Frieden, hieß das.

Der Kopf verschwand wieder, Schritte entfernten sich. Der Kater öffnete das linke Auge und stellte die Ohren auf. Was sie jetzt wohl wieder vorhatte? Einfallsreich war sie ja, das musste man ihr lassen.

Aus der anderen Ecke ertönte Klappern, dann wieder Ellas Stimme. »Antoooooon, es gibt Thuuuuunfisch.«

Der Kater hob den Kopf. Etwa mit Sardellen? War ein Wunder geschehen? Hatte sie doch noch eine Dose gefunden? Unterm Vordersitz des Citroën vielleicht? Ellas Auto war alles andere als ordentlich, sie benutzte es eher als fahrende Rumpelkammer, da kamen manchmal die absonderlichsten Dinge zum

Vorschein. Warum nicht auch eine Dose Katzenfutter?

Normalerweise galt: Wo Thunfisch, da Anton. Doch der Kater war misstrauisch. Zu viele seltsame Dinge waren in den letzten Tagen passiert, da hieß es: Vorsicht walten lassen. Er streckte die Nase in die Luft und schnupperte, um die Ankündigung zu überprüfen. Auf seinen Geruchssinn konnte er sich nämlich verlassen. Sollte sich tatsächlich eine geöffnete Dose seiner Lieblingsmahlzeit im Umkreis von 1,375 Kilometern befinden, dann würde er es riechen.

Er roch tatsächlich Thunfisch. Nur leider nicht seine bevorzugte Sorte.

Elende Anfängerin, dachte er und schob die Nase wieder ins Fell. Das Zeug konnte sie selbst auffuttern.

Manon setzte Monsieur Lapin auf den Boden, der ein paar Haken schlug, ehe er sich mit dem Kabel des Küchenradios beschäftigte, was jedoch niemanden interessierte. Alle Augen ruhten auf Anton, als das Mädchen die selbst gebastelte Futtermaschine auf ihn zuschob. Der Kater würdigte sie keines Blickes, hob nicht einmal den Kopf.

Auch Ella gab nicht auf. Sie kroch unter die Eckbank, nahm den sich sträubenden Anton auf den Arm und setzte ihn vor dem Futternapf ab. Xavier und Manon mitsamt ihrem Flusentier verfolgten das Geschehen aufmerksam.

Okay, dachte Anton. Ihr wollt eine Show? Könnt

ihr haben! Demonstrativ rümpfte er die Nase und wandte dem Napf den Rücken zu. Dass es ihn dabei innerlich fast zerriss, weil sein knurrender Magen rebellierte, merkte keiner der Anwesenden.

»Jetzt komm schon, kleiner Mann, nur ein Häppchen. So schlecht sieht es doch gar nicht aus«, lockte Ella ihn mit der gleichen Säuselstimme, die sie immer dann auspackte, kurz bevor die Transportbox zum Einsatz kam.

Sofort war der Kater in höchster Alarmbereitschaft.

Ella hingegen stand die Sorge ins Gesicht geschrieben, ebenso ihr schlechtes Gewissen, wie der Kater mit Genugtuung feststellte. Zerknirscht öffnete sie eine neue Dose, die dritte, und hielt sie ihm hin. Antons Blick sprach Bände.

»Was soll ich denn bloß machen?«, wandte sie sich an Xavier.

Der zuckte nur die Schultern. »Mit nichtfranzösischen Katzen kenne ich mich nicht aus.«

»Vielleicht mag er nur deutschen Thunfisch«, meldete sich Manon zu Wort.

»Es gibt keinen deutschen Thunfisch«, erwiderte Ella leicht genervt.

Die Stimme des Mädchens kippte. »Aber Anton muss doch was fressen. Wenn es ihm nicht schmeckt, musst du eben etwas kaufen, das er mag.«

»Ich kann schlecht zurück zur Grenze fahren, nur um ein paar Dosen Katzenfutter zu besorgen.«

»Das nicht, aber vielleicht können wir es im Internet bestellen?«, schlug Xavier vor. »Per Express.«

Endlich mal ein kluger Zweibeiner! Zufrieden verfolgte Anton die Diskussion um seinen Futterstreik. Sein Plan schien aufzugehen. Noch war der Wille, Ella eine Lektion zu erteilen, größer als sein Appetit, allerdings nur ein winziges bisschen. Lange hielt er die Nummer nicht mehr durch, immerhin hatte er sich nun schon seit knapp zwei Tagen den Bauch nicht mehr richtig vollgeschlagen. Keineswegs lebensbedrohlich, noch lange nicht, aber äußerst unangenehm. Nichtsdestotrotz, es musste sein. Schließlich hatte Ella ihn von seiner geliebten Lizzy getrennt, und mit dem Goldfisch im Teich hatte er auch noch eine Rechnung offen.

Nicht auszudenken, wenn es zu Hause inzwischen getaut und der dicke Felix von Hubers sich die Beute geangelt hatte. Der Karthäuserkater hatte Anton bei zahlreichen Revierkämpfen schon die eine oder andere Schramme zugefügt und war ein echter Raufbold. Bei der Vorstellung, dass der Dickmops während seiner Abwesenheit das komplette Revier neu markierte und sich aufführte wie ein eingebildeter Pudel, sträubten sich ihm die Nackenhaare.

Da klopfte es, und Madame Bernard stand mit einem Blech frisch gebackener Pasteten in der Tür. Es duftete so verführerisch, dass Antons Magen sofort wieder zu knurren anfing.

Ella bat sie in die Küche, wo der Blick der alten Dame sofort auf den unangerührten Futternapf fiel.

»Oh lala, was ist denn da los?«, fragte sie. »Hat mein kleiner Freund etwa keinen Hunger?«

Ratlos schilderte Ella das Problem, wobei sie für Antons Geschmack ein bisschen zu dick auftrug, jedenfalls als sie ihn als uneinsichtigen Sturschädel bezeichnete. Er hätte gedacht, dass sie mehr Verständnis für seine sensible Katzenseele aufbrachte.

Da bemerkte die alte Dame die Futterdosen auf der Küchenplatte, rümpfte genau wie Anton die Nase und rief: »Kein Wunder, dieses Industriezeugs würde ich an seiner Stelle auch nicht fressen!« Sie nahm eine Dose in die Hand und las die Inhaltsstoffe durch. »Ts, ts«, sagte sie und schüttelte den Kopf.

»Ich weiß«, erwiderte Ella zerknirscht. »Zu Hause bekommt er nur das Beste. Ich habe vor unserer Abreise sogar extra einen Großeinkauf gemacht. Aber irgendwie habe ich den Karton mit dem Futter beim Einladen vergessen.«

Xavier streichelte ihr tröstend über den Rücken.

Anton, der das Gespräch genau verfolgte und merkte, dass die Diskussion in die entscheidende Phase ging, strich Madame Bernard mit hoch aufgerecktem Schwanz um die Beine. Er spürte, dass sie auf seiner Seite war, und beschloss, Ella noch ein wenig zu triezen. Er hob den Kopf, setzte den sehnsüchtigsten Blick auf, zu dem er fähig war, und maunzte herzzerreißend. Es klang markerschütternd, er war mehr als zufrieden mit seiner Darbietung.

»*Mon bijou,* komm mit, Madame hat was Leckeres für dich.«

Strike! Das lief ja besser als geplant. Der Kater rieb seinen Kopf am Unterschenkel der alten Dame und fing an zu schnurren. Er befand sich auf der Zielgeraden und gab nun alles. Diese Französin gefiel ihm. Sie hatte das Herz am rechten Fleck und wusste, wie man einen stolzen kleinen Kerl wie ihn angemessen umsorgte. Wenn sie wollte, durfte sie seine Freundin werden. Freunde konnte man nie genug haben, vor allem in fremder Umgebung und wenn das eigene Frauchen streng war. In Xavier hatte er zwar auch schon einen Verbündeten, aber viel hilft bekanntlich viel. Er schnurrte noch ein bisschen lauter, um seiner Entscheidung Ausdruck zu verleihen, und registrierte, wie Ella ihn verwundert beobachtete.

»Ich erkenne meine eigene Katze nicht wieder. Seit wann ist der Kerl so zutraulich?«, fragte sie Xavier, der wieder nur die Schultern zuckte.

Die Franzosen gefielen Anton immer besser. Sie waren eindeutig nachsichtiger und toleranter als die Deutschen. Vielleicht ist es hier ja doch nicht so übel, dachte der Kater. Trotz Flusendingsda.

Aufgeregt trippelte Anton hinter Madame Bernard über die Treppenstufen nach unten und wich ihr nicht von der Seite. Während sie in der Küche hantierte, sah er sie immer wieder auffordernd an, wobei er seine perfekt einstudierten Ich-bin-die-ärmste-Katze-auf-der-ganzen-Welt-Blicke akustisch untermalte. Über die optimale Augenaufschlag-Maunz-Kombination forschte er, seit er von seiner Mutter entwöhnt war, und war mittlerweile ziemlich versiert, wenn nicht gar ein waschechter Bettelprofi.

Anton konnte sein Glück kaum fassen, als Madame Bernard einen Kuchenteller vor ihn hinstellte, auf dem sie mehrere ihrer verführerisch duftenden Pasteten für ihn zerkleinert hatte. Ausgehungert stürzte er sich darauf und schlang einen Bissen nach dem anderen herunter. Mit Kauen hielt er sich dabei nicht groß auf. Das wurde ohnehin total überschätzt.

Ein Blick aus seinen gelben Augen, und der Teller füllte sich wie von selbst noch einmal.

Eigentlich war der Kater längst satt, aber was man im Bauch hatte, das konnte kein anderer fressen, außerdem war es immer sinnvoll, für schlechte Zeiten vorzusorgen. Da er nicht wusste, welche Überraschungen dieses Frankreich noch so für ihn bereithielt, sorgte er lieber ein bisschen besser vor als sonst. Er beschloss, einen Selbstversuch zu starten und auszuprobieren, wie viele Pasteten eine Katze vertilgen kann, ehe sie platzt.

Er war bei sieben angekommen, als Ella die Küche betrat, offenbar auf der Suche nach ihm. Sofort blickte sie, was Sache war.

Mist!, dachte Anton. Operation gescheitert. Den Eintrag ins *Guinness-Buch der Rekorde* kann ich mir jetzt ins Fell schmieren. Er startete einen eher halbherzigen Versuch, um Ellas Beine zu scharwenzeln und seinen Dieselmotor anzuwerfen, denn er wusste, dass sie gegen Schnurren immun war – jedenfalls in solchen Situationen.

Zu seinem grenzenlosen Erstaunen lachte sie jedoch. »Vielen herzlichen Dank, Madame Bernard«, sagte sie amüsiert. »Sie glauben gar nicht, wie erleichtert ich bin, dass mein Katerchen wieder frisst.«

»Ja, er weiß eben, was gut ist. Ein echter Gourmet ist er, Ihr kleiner Freund. Soll ich Ihnen noch was mitgeben für morgen früh?« Ohne die Antwort abzuwarten, legte sie drei Pasteten in eine Plastikdose und drückte sie Ella in die Hand. Obendrauf stellte sie einen in Zellophan verpackten Honigkuchen. »Hier, meine Lieblingssorte. Mit Orangenblüten und Anis. Sie brauchen doch sicher noch was Süßes auf den Schrecken.«

Da Ella beide Hände voll hatte, sprang Anton ihr auf die Schultern und ließ sich von ihr nach oben tragen. Der Kater wankte in seinen Katzenkorb und fiel sofort in einen tiefen Erschöpfungsschlaf.

Essen machte müde. Hundemüde.

# 4

Für den nächsten Tag hatte sich Xavier eine besondere Überraschung für Ella ausgedacht. Ursprünglich hatte er mit ihr nach Lyon zur Fête des Lumières fahren wollen, bei der Künstler, Lichtinstallateure und Eventartisten die Stadt kunstvoll erstrahlen ließen. Das internationale Festival war jedoch so beliebt, dass er in der ganzen Gegend kein Hotelzimmer mehr bekommen hatte, und die gut zweihundert Kilometer an einem Tag hin- und zurückzufahren lohnte nicht. Die Alternative war nicht ganz so spektakulär, aber sehenswert, und er war sicher, dass es Ella gefallen würde. Vorab wollte er mit ihr allerdings noch einen Abstecher nach Beaune machen … und sie ins kalte Wasser werfen. Er war schon sehr gespannt, wie sie reagieren würde.

Ach, es wird schon gut gehen, redete er sich selbst Mut zu, zumal Ella den Wunsch selbst mehrfach geäußert hatte.

Beinahe hätte sie seinen Plan vereitelt, weil sie an diesem Morgen so gar nicht aus den Federn kroch und er sie nicht wecken wollte. Sie sah wunderschön aus, wenn sie schlief, er konnte stundenlang dasitzen, sie ansehen und einfach nur glücklich sein.

Nach einem ausgedehnten Frühstück im Bett waren sie kurz nach Mittag abfahrbereit. Obwohl Ella nicht aufhörte zu quengeln, verriet er ihr nicht, was er vorhatte.

Als sie auf dem Weg nach unten waren, ging die Tür zur Backstube auf, und Manon steckte den Kopf heraus.

»*Bonjour, mon bijou*«, begrüßte er das Mädchen.

»Habt ihr echt bis jetzt geschlafen?«, fragte die Kleine, die trotz Schürze überall Teigspuren hatte und offensichtlich wieder tatkräftig in der Backstube mithalf. »Ich war schon in der Schule heute Morgen und habe bei euch geklopft, aber ihr habt nicht aufgemacht.«

Xavier musste sich Mühe geben, ernst zu bleiben. »Tja, meine Süße, nicht jeder ist so fleißig wie du.«

Madame Bernards Gesicht tauchte hinter ihrer Enkelin auf, sie zupfte das Mädchen an der Schürze. »Komm, mein Schatz. Lass die beiden in Ruhe. Sie haben sich lange nicht gesehen, da möchten sie bestimmt für sich sein.«

Xavier winkte ab. »Alles gut.«

Manon lächelte, und die Lücke zwischen den Schneidezähnen verlieh ihr etwas Lausbübisches, als sie fragte: »Liegt ihr deshalb morgens immer so lange im Bett? Weil ihr nachschmusen müsst? Und küsst ihr euch eigentlich nackig?«

Xavier und Ella sahen sich verliebt an, während Madame Bernard peinlich berührt eine Augenbraue hob. »Manon, sei nicht so neugierig! Das ist sehr unhöflich von dir. Solche Fragen stellt man nicht.«

»Du bist ungerecht«, begehrte das Mädchen auf. »Du hast selbst gesagt, dass man mit den Gästen Konvisition machen muss, weil es höflich ist. Und jetzt sagst du's genau andersrum.« Tränen schossen ihr in die Augen, und sie zog einen Schmollmund, wie ihn Brigitte Bardot nicht perfekter hinbekommen hätte.

Xavier wurde ganz warm ums Herz, als Ella die Kleine in den Arm nahm, um sie zu trösten. »Nein, meine Süße«, sagte er, »das war Konvisition vom Feinsten. Du bist eine tolle Gastgeberin. Und wir müssen tatsächlich ein bisschen nachschmusen, weil wir uns so sehr vermisst haben.« Die zweite Frage ließ er lieber unbeantwortet.

»Der *pain d'épices*, den Sie mir gestern Abend mitgegeben haben, ist übrigens superlecker«, wechselte Ella geschickt das Thema.

Sofort war die alte Dame wieder in ihrem Element. »Oh, freut mich sehr. Das Rezept stammt noch von meiner Urgroßmutter und wird seit siebzehnhundertachtundneunzig in unserer Familie an denjenigen weitergegeben, der den Betrieb übernimmt. Es wird gehütet wie ein Schatz, immerhin produzieren wir den besten *pain d'épices* in der ganzen Region. Wir haben schon mehrere Auszeichnungen für unsere Produkte bekommen und …«

»Darauf ist *mamie* besonders stolz«, unterbrach Manon ihre Großmutter, die ihr liebevoll über den Kopf strich. »Wenn ich groß bin, bekomme ich das Rezeptbuch, stimmt's?« Triumphierend blickte sie in die Runde. »Ich übe auch schon fleißig backen, damit ich genauso gut werde wie meine Urururoma.«

Xavier nickte, er zweifelte keine Sekunde daran, dass dieses patente Mädchen die Bäckerei bestens führen würde. Für ihr Alter war Manon erstaunlich erwachsen und selbstständig.

»Seit mein Mann vor fünfzehn Jahren das Zeitliche gesegnet hat, führe ich die Bäckerei alleine«, riss Madame Bernard ihn aus seinen Gedanken. »Manchmal wird es mir ehrlich gesagt zu viel, erst recht vor Weihnachten. Ich bin nun mal nicht mehr die Jüngste. Aber ehe ich den Betrieb an die nächste Generation übergeben kann, muss ich noch ein paar Jahre durchhalten. Manon ist ja erst neun«, sagte sie mit einem liebevollen Seitenblick auf das Mädchen, dessen Mund ein Kakaoschnurrbart vom Naschen zierte.

»Was ist mit …?« Ella zögerte, die Frage zu beenden.

Noch ehe Madame etwas erwidern konnte, sagte Manon, als wäre es die natürlichste Sache der Welt: »Meine *maman* und mein *papy* sind im Himmel. Die gucken Oma Josi und mir von oben zu, ob wir das auch alles gut machen mit dem Backen und so.«

»Ein Verkehrsunfall«, fügte die alte Dame hinzu, »Manon war damals fünf.«

Ella wurde knallrot, und Xavier, der auch nicht wusste, wie er sich verhalten sollte, schluckte schwer.

»Das … tut … mir leid«, sagten sie wie aus einem Mund.

Manon schüttelte irritiert den Kopf. »Ist nicht schlimm. Sie sitzen auf einer Wolke und passen auf mich auf, wisst ihr? Da haben sie den ganzen Tag zu tun. Auf mich aufpassen ist nämlich ganz schön anstrengend, sagt *mamie*«, erklärte sie und sah ihre Großmutter an, die heftig nickte.

Die Unbekümmertheit der Kleinen rührte Xavier, aber vermutlich war die Situation für Manon völlig normal, da sie es nicht anders kannte. Das Verhältnis zu ihrer Oma wirkte sehr eng und vertraut, das war deutlich zu spüren, ebenso die große Zuneigung zwischen den beiden.

»So, ich muss weiterbacken«, sagte Manon, als gehörte die Bäckerei ihr, und verschwand wieder in der Backstube.

Madame Bernard blickte dem Mädchen nach und seufzte. »Bitte entschuldigen Sie noch mal die peinliche Frage von vorhin. Manchmal fehlt es dem kleinen Wirbelwind an der nötigen …«

»Nicht doch«, fiel Ella ihr unbeabsichtigt ins Wort. »Manon ist zuckersüß.«

Xavier überlegte kurz, weil es seine Pläne komplett durcheinanderbringen würde, doch dann sagte er: »Wir machen heute eine kleine Tour …« Er zögerte, wartete Ellas Reaktion ab, die sofort verstand und ihm zunickte. »Wenn Sie mögen, nehmen wir die Kleine mit.«

»*Merci bien.*« Madame Bernard schien gerührt. »Ein andermal gerne, aber heute brauche ich das Mädchen in der Backstube. Eine der Aushilfen ist krank, und wir schaffen es sonst nicht.« Es klang wie ein Schuldgeständnis.

Die beiden verabschiedeten sich und gingen nachdenklich zum Auto. Während sie durch den gefrorenen Schnee stapften, ließ das traurige Gesicht der Vermieterin Xavier nicht los. Ihm war nicht bewusst gewesen, auf welch wackeligen Beinen der Familienbetrieb stand, und es schockierte ihn, dass eine Neunjährige mit anpacken musste, damit es weiterlief.

Als hätte Ella seine Gedanken erraten, sagte sie: »Ist das eigentlich schon Kinderarbeit, oder fällt es noch unter familiären Zusammenhalt?«

Xavier zuckte die Achseln. »Vermutlich sind die Grenzen fließend. Ich habe schon den Eindruck, dass Manon Spaß bei der Sache hat. Sie tut bestimmt nichts, wozu sie keine Lust hat.«

»Oh ja, sie würde genauso protestieren wie Anton, wenn ihm was nicht passt. Ich glaube auch, dass Madame Bernard eine großartige *mamie* für Manon ist, auch wenn sie momentan nicht so viel Zeit hat.«

Galant nahm Xavier seiner Freundin den Autoschlüssel aus der Hand und öffnete ihr die Beifahrertür, die festgefroren war und leicht klemmte. Ella stutzte kurz, sagte aber nichts und klopfte ihre Wildlederstiefel ab, ehe sie sich ins Auto setzte.

»Wo fahren wir überhaupt hin?«, fragte sie, als Xavier den Motor startete.

»Lass dich überraschen.« Er wusste, dass es Ella vor Neugier fast zerriss. »Steht dir übrigens gut.«

»Was?«

»Die Schnute.«

Während der Fahrt redeten sie nicht viel, und Xavier drehte die Musik lauter, weil er die Stille zwischen ihnen im Gegensatz zu sonst nicht ertragen konnte. Vermutlich war er zu nervös.

Ella durchbrach den Bann, als sie auf der A 31 durch das Département Côte de Beaune an den berühmten Weinlagen vorbeifuhren. Sie zeigte auf die zurückgeschnittenen Rebstöcke, die wie schwarze, gekrümmte Finger aus der glitzernden Schneedecke ragten. Der Himmel war knallblau, die Luft schneidend kalt und glasklar.

»Guck mal, die Eisenschubkarren stehen immer noch da.« Sie deutete aus dem Fenster. »Weißt du noch, wie ich dachte, der Weinberg fackelt ab?«

»Oh ja!« Xavier erinnerte sich lebhaft, dabei hatten die Arbeiter bloß wie jedes Jahr die abgeschnittenen Reben verbrannt. In Frankreich war das üblich. »Und gleich kommen wir an der Domaine D'Ardhuy vorbei. Ich hoffe, du erinnerst dich dunkel«, scherzte er.

»An was denn?« Ella tat ahnungslos. »Meinst du an die *tastevins*, die eure Praktikantin als Aschenbecher zweckentfremdet hat?«

»Hilfe, nein!« Xavier hatte das Bild noch lebhaft vor Augen, als Natalie in einer der geriffelten Silberschalen, in denen die Weine verkostet wurden, ihre Zigarette ausgedrückt hatte. »Ich dachte eher an den gut aussehenden, intelligenten charmanten Franzosen, den du damals ...«

»Stimmt! Da war was.« Ella feixte. »Wie hieß er noch? Rainier?«

Ausgelassen alberten sie herum, bis sie Beaune erreichten, und Xavier hätte fast vergessen, in die Straße zum Haus seiner Eltern abzubiegen. Als er den Wagen in der Einfahrt des gemauerten Steinhauses mit den hellblauen Fensterläden parkte, warf Ella ihm einen verwirrten Seitenblick zu. Noch belämmerter guckte sie, als er ihr eine Schachtel Macarons in die Hand drückte.

»Das sind die Lieblingskekse meiner Mutter, vor allem die mit Passionsfrucht. Damit hast du garantiert einen Stein bei ihr im Brett.«

»Aber… wieso hast du denn nichts gesagt? Ich hätte mir doch was Anständiges angezogen.« Sie blickte auf die zerrissene Jeans und die Stiefel, auf deren Spitzen sich Schneeränder abzeichneten, und begann hektisch mit dem Finger darüberzureiben.

Ihre Reaktion machte Xavier erst recht nervös. »Quatsch! Du bist wunderschön. Und meine Eltern legen keinen großen Wert auf schicke Klamotten. Sie schauen den Leuten ins Herz.« Er drückte ihr einen Kuss auf die Wange und stieg aus. Vielleicht war dieser Überfall doch keine so gute Idee gewesen? Egal, nun war es zu spät.

Sie hatten noch nicht geklingelt, da öffnete seine Mutter auch schon die Tür und kam mit ausgebreiteten Armen auf die beiden zu. Ihr Blick blieb an Ella hängen, die ungewohnt schüchtern lächelte.

»Xavier, deine Freundinnen werden aber auch immer jünger und hübscher«, sagte sie und strahlte übers ganze Gesicht. Als Ella ihr dann noch die Schachtel mit den Macarons entgegenstreckte, war es um sie geschehen. »*Mon dieu!* Meine Lieblingssorte. Lass dich umarmen.« Sie drückte Ella so fest an sich, dass ihr fast die Luft wegblieb.

Dass seine Mutter auch immer so übertreiben musste.

Drinnen wartete die ganze Familie, sein Vater, die beiden Brüder mit ihren Frauen und Kindern, sogar die schwerhörige Tante Monique, die älteste Schwester seines Vater, und Chloë waren vorbeigekommen. Alle waren sie neugierig auf Ella, alle redeten sie durcheinander und übertrafen sich mit Freundlichkeiten und Anekdoten, während seine Mutter das Essen auftrug.

Zu seiner Freude fühlte Ella sich sichtlich wohl und unterhielt sich mit allen, als würden sie sich schon ewig kennen, selbst mit seinem sonst so stillen Vater. Zu Chloë hatte sie sofort einen Draht, die beiden fachsimpelten über Yoga und verabredeten, dass Ella zur nächsten Stunde mitkam. Und mit Tante Monique verschwand sie zwischendurch ins Gästezimmer und kam kichernd wieder heraus.

Xavier war erleichtert, denn im Gegensatz zu seiner Freundin war er der geborene Familienmensch. Ella war nicht nur ein Einzelkind, sondern ihre Familie war seit Jahren heftig zerstritten, und sie hatte selbst zu ihrer Mutter kaum Kontakt. Er dagegen konnte sich ein Leben ohne seine Eltern und Brüder nicht vorstellen. Die komplette Familie kam jeden zweiten Sonntag zum Essen zusammen, palaverte, stritt, versöhnte sich, lachte, weinte. Bei ihnen zu Hause ging es immer laut und chaotisch zu, aber alle hatten das Herz am rechten Fleck.

Während seine Mutter ohne Punkt und Komma

auf Ella einredete, unterhielt Xavier sich mit seinem Bruder Théo, der begeistert von seinem neuen Familien-Van erzählte. Xavier hörte jedoch nur mit halbem Ohr zu und versuchte stattdessen aufzuschnappen, was seine Mutter so alles von sich gab.

»He, setz dich doch zwischen die beiden, wenn dich das mehr interessiert als mein Gelaber«, zog Théo ihn auf.

Ertappt hob Xavier die Hände. »Entschuldige, ich möchte einfach nur, dass es Ella bei uns gefällt, und *maman* …«

Théo winkte ab. »Ach was, deine Freundin wehrt sich schon. Übrigens ein guter Fang, deine Ella. Halt die mal schön fest, so eine tolle Frau findest du so schnell nicht wieder.«

»Weiß ich selbst«, erwiderte Xavier und wandte sich Ella zu, um sie von seiner Mutter loszueisen. Schließlich hatten sie noch etwas vor.

Beim Abschied musste Ella Madame Dupin fest versprechen, bald wieder vorbeizukommen, und selbst sein Vater nahm sie in den Arm. Xavier hatte den Eindruck, als wäre seine Freundin schon immer ein Teil seiner Familie. Er war erleichtert und glücklich, als er ihr in den Mantel half und sie sich mit einem Kuss bedankte.

Zurück in Dijon, fuhr er nicht in die Rue Liegeard, sondern zum Herzogspalast, wo an diesem Abend ein ganz besonderes Spektakel stattfand.

»Wo bringst du mich denn jetzt schon wieder hin?«, fragte Ella verwirrt. »Ist hier nicht dieser Palast mit dem Turm?«

Sie hatten den Gebäudekomplex, der im Westflügel das Rathaus und im Ostflügel das Musée des Beaux Arts beherbergte, schon beim Rundgang der Eule besichtigt und von dem dazugehörigen Turm aus den Blick über die verschneite Stadt genossen.

Xavier nickte. »Ich sag nur: *son et lumière.*«

»Wow. Heute gibst du aber Vollgas.«

»Tja, tollen Frauen muss man eben etwas bieten, erst recht, wenn man will, dass sie alles für einen aufgeben.«

Ihr Blick sprach Bände.

Da entdeckte er eine Parklücke und quetschte den Citroën hinein.

Als sie in dem dreiflügeligen Ehrenhof ankamen, hatte die musikalisch untermalte Lightshow auf der Fassade des altehrwürdigen Gebäudes bereits begonnen. Alle hatten ihre Handys gezückt, während die bunten Bilder über Mauerwerk und Fenster tanzten. Auch Ella filmte begeistert und kam selbst auf dem Heimweg aus dem Schwärmen nicht mehr heraus.

»Danke für diesen wunderschönen Tag. Dein Plan ist aufgegangen.« Sie lachte. »Ich glaub, ich will nie mehr hier weg.«

Spontan fasste Xavier sie um die Hüften und wirbelte sie durch die Luft, bis sie kreischte.

Durch die verschneiten Straßen schlenderten sie zum Haus von Madame Bernard und blieben zwischendurch immer wieder stehen, um sich zu küssen. Ihr Glück war perfekt, und sie hätten die ganze Welt umarmen können.

Im Treppenhaus duftete es nach Gewürzen und Teig. Erstaunt stellten sie fest, dass in der Backstube noch Licht brannte, immerhin war es schon nach Mitternacht. Die beiden sahen sich an.

»Meinst du, wir sollen Madame Bernard fragen, ob wir ihr noch etwas helfen können?«, sagte Ella.

Xavier, der den Abend gerne anders beendet hätte, wollte es ihr gerade ausreden, da drang lautes Schluchzen durch die geschlossene Glastür. Ohne zu zögern, trat er ein.

In dem Raum war es heiß, die Fensterscheiben waren beschlagen, und überall standen Backformen und riesige Tabletts voll Leckereien. Madame Bernard, die zusammengesunken auf einem Mehlsack saß und den Kopf in die Hände stützte, schreckte auf. Sie war blass wie die Wand und tränenüberströmt.

»Was ist passiert?«, fragte Ella und lief zu der Bäckerin. »Haben Sie sich wehgetan?«

Die alte Dame wischte sich mit dem Handrücken die Tränen ab, wobei sie eine Mehlspur auf der Wange hinterließ. »*Non, non*, mit mir ist nichts.«

Xaviers Blick fiel auf die Visitenkarte, die zwischen den Zutaten auf der Arbeitsplatte lag. *Frédéric Bur-*

*goin, Rechtsanwalt für Unternehmensrecht und Betriebsnachfolge*, stand darauf. Er nahm sie in die Hand. »Was…?«

Prompt fing Madame Bernard wieder an zu schluchzen und erzählte den beiden unter Tränen, dass der ungehobelte Kerl von neulich wieder da gewesen sei. Seit einem halben Jahr bedränge er sie nun schon.

»Er hat mir ein Ultimatum gestellt. Ich soll die Bäckerei an seinen Mandanten verkaufen, sonst sorgt er dafür, dass ich ruiniert bin.« Sie rang die Hände. »Das kann er nicht machen. Manon soll das doch alles einmal bekommen. Sie muss die Familientradition fortführen. Für ihren Vater, meinen geliebten Jean.« Ella reichte ihr ein Taschentuch, und sie schnäuzte sich kräftig. »Nur über meine Leiche, hab ich diesem Widerling gesagt.«

»Wie bitte?« Xavier war außer sich. »Wie kommt er darauf, dass Sie verkaufen müssen?«

»Ach, das Geld ist schon seit Jahren knapp, und ich kann die Rechnungen kaum bezahlen. Aber ich darf die Bäckerei nicht aufgeben. Sie ist mein Lebenswerk, das meiner Familie.«

»Wer ist denn dieser Mandant?«, fragte Ella dazwischen.

Madame schluchzte erneut. »Ich weiß es nicht, Burgoin will es mir nicht sagen.«

Ella nahm die Hände der alten Dame in ihre. »Nun

machen Sie sich mal nicht zu viele Sorgen. So einfach geht das auch wieder nicht. Lassen Sie uns morgen in Ruhe darüber sprechen, ja?«

Dankbar sah Madame zu ihr auf und sagte: »Ist gut. Dann gehe ich jetzt nach oben.«

Mit einem mulmigen Gefühl verabschiedete Xavier sich. Auf der Treppe sagte er zu Ella: »Vielleicht sollte ich diesem Monsieur Burgoin einmal einen Besuch abstatten?«

Ella nickte. »Tu das. So geht's ja nicht.«

Manon tat in der Nacht kein Auge zu, so aufgeregt war sie. Weder ihr Teddy noch Monsieur Lapin, den sie zu sich ins Bett geholt hatte, konnte sie beruhigen. Das Kaninchen lag unter der Daunendecke und schlief. Das Mädchen dagegen war hellwach. Dreimal war sie schon aufgestanden, um sich etwas zu trinken aus der Küche zu holen, und hatte sogar einen kräftigen Schluck von dem Holundersirup ins Wasser gemischt. Den durfte sie eigentlich nicht verwenden – oder vielmehr nur im Notfall. Aber wenn man nicht einschlafen konnte, dann war das doch ein Notfall, oder?

Diesmal musste sie dringend zur Toilette und schlich auf nackten Füßen durch den kalten Flur.

Wieder im Bett, wanderten ihre Gedanken zu dem

Brief, den sie am Nachmittag mit ihren schönsten bunten Stiften geschrieben hatte. Er war sehr lang geworden, sie hatte ewig dafür gebraucht. Sorgfältig hatte sie die Buchstaben in Schönschrift auf die von Ella mit Bleistift vorgezeichneten Linien gemalt und versucht, so wenige Rechtschreibfehler wie möglich zu machen. Womöglich bekam sie keine Antwort, weil der Weihnachtsmann ihr Gekritzel nicht lesen konnte. Ella hatte gesagt, Schreibfehler seien nicht so schlimm, der Weihnachtsmann sei nicht so streng wie die Lehrer in der Schule. Hoffentlich stimmte das.

Den Umschlag hatte sie erst auf ihren Schreibtisch, dann in ihre Umhängetasche und schließlich unters Kopfkissen gelegt. Dort konnte ihn ihr niemand wegnehmen.

Als Manon zum vierten Mal die Nachttischlampe anknipste, war es 05:56 Uhr und immer noch stockfinster draußen. Sie zog den Brief hervor, der leicht verknittert war, strich das Papier glatt und faltete es auseinander, um alles noch mal genau durchzulesen.

*Lieber Weinachtsmann,*

*wie geht es dir? Mir geht es gut. Wie ist das Wetter bei dir im Himel? Hier bei uns Schneit es. Das ist toll.*

*Ich möchte so gerne einen Schnemann bauen, aber ich habe schreklich viele Hausaufgaben auf und muss meine mamie in der Backstupe helfen. Sonst ist sie traurig weil sie die Bestelungen nicht schafft. Hast du auch so viele Bestelungen?*

*Ich heiße Manon Bernard. Ich bin neun Jahre alt und freue mich ser auf dich. Du kommst doch Morgen abend wieder nach Beaune, oder? Wir warten vor den Gemüseladen von Madame Gerard auf dich. Ich bin das Mädchen mit der grühnen Laterne.*

*Zu Weinachten wünsche ich mir ein Farad und Glitzerstifte zum malen. Aber viel mehr wünsche ich mir das ich meine mamy und meinen papy nicht so oft vermisse. Bitte mach das mein Wunsch in Erfülung geht. Ich hab dir auch ein Bild gemalt.*

*Liebe Grüsse*
*Deine Manon*

Seit Tagen freute sich Manon schon darauf, dass der Weihnachtsmann mit seinem schicken alten Auto ohne Dach zur Place de la Halle kam, um sich mit den Kindern fotografieren zu lassen. Letztes Jahr war ihre beste Freundin Sophie mit ihren Eltern dort gewesen und hatte ihr stolz erzählt, wie nett der Weihnachtsmann sei. Sophie hatte tatsächlich alle Geschenke bekommen, die auf ihrem Wunschzettel standen, und war seither davon überzeugt, dass der Weihnachtsmann »megageil« war. Genau so hatte sie es gesagt.

Deshalb wollte Manon das Spektakel in diesem

Jahr auf keinen Fall verpassen. Ella und Xavier hatten angeboten, mit ihr hinzugehen, und Großmama Joséphine hatte es zum Glück erlaubt und gemeint, sie sollten sich vor dem Gemüseladen von Madame Gerard postieren, das sei ein guter Platz. Xavier war am Nachmittag mit einer knallgrünen Laterne angekommen, die wunderschön leuchtete, wenn man das Teelicht darin anzündete. Hoffentlich ging alles gut, und bei ihr klappte es genauso wie bei Sophie.

Mit neun Jahren glaubte Manon zwar nicht mehr an den Weihnachtsmann und wusste auch, dass ihre Großmutter die Geschenke unter den Weihnachtsbaum legte. Aber hundertprozentig sicher, dass es ihn nicht gab, war sie sich nicht. Wer sagte denn, dass er nicht doch Wünsche erfüllen konnte? Also solche, die keine Geschenke waren.

Nachdem sie auch das Bild, auf dem Anton und Monsieur Lapin mit Weihnachtsmannmützen im Schnee zu sehen waren, erneut für gut befunden hatte, steckte sie alles zurück in den Umschlag und legte ihn wieder unters Kissen.

Tatsächlich nickte sie diesmal ein und wurde erst wach, als ihre Großmutter sie wie jeden Morgen weckte. Die beiden frühstückten wie immer in der Backstube, wo es warm und gemütlich war.

In der Schule, die heute ewig zu dauern schien, konnte sie sich kaum konzentrieren, und auch danach wollten die Stunden bis zum frühen Abend einfach nicht vergehen. Dann war es endlich so weit, und Ella und Xavier kamen vorbei, um sie abzuholen.

»Es ist kalt, nimm deine Mütze mit«, sagte Xavier, der eingemummelt war, als wollte er im Schnee übernachten.

Ella hatte ebenfalls Wollschal und Pudelmütze und flauschige lila Fäustlinge an. Manon schlüpfte in ihre Jacke und die gefütterten Winterstiefel, die sie erst letzte Woche bekommen hatte.

»Sehen Sie sich vor«, sagte *mamie*, »Manon wird Ihnen Löcher in den Bauch fragen.«

Amüsiert erwiderte Ella: »Das macht uns gar nichts aus. Ich liebe neugierige kleine *mademoiselles*.«

Manon kam wieder herein, Monsieur Lapin auf dem Arm und den Umschlag mit dem Brief in der rechten Hand. »Oh, dann hast du mich bestimmt besonders gern. Ich bin nämlich seeeehr neugierig, stimmt's, Oma Josi?«

Ihre Großmutter nickte. »Was willst du mit dem Hasen, *ma chère*? Der kann nicht mit.«

»Och menno, er will den Weihnachtsmann aber auch kennenlernen. Stimmt's, mein Freund?«

Das Kaninchen mümmelte unbeeindruckt vor sich hin, während *mamie* unnachgiebig den Kopf schüttelte.

»Können wir dann Anton mitnehmen?«, wandte Manon sich mit flehendem Blick an Ella. »Bitteeeee.«

Die schüttelte ebenfalls den Kopf. »Tut mir leid,

Anton mag keine Menschenansammlungen. Und dein Monsieur Lapin wird auch froh sein, wenn er dableiben darf, glaub mir.«

Manons Unterlippe bebte. »Aber dann ist er so lange alleine«, jammerte sie. »Darf Anton wenigstens zu ihm runterkommen zum Spielen?«

»Meinetwegen«, sagte Ella, und auch ihre Großmutter schien nichts dagegen zu haben.

Es dauerte fast bis Beaune, bis Manon ihre Sorge, ob die beiden Vierbeiner sich gut verstanden, vergaß und die Vorfreude auf den Weihnachtsmann überwog.

Während Xavier einen Parkplatz suchte, machten sich Ella und Manon auf den Weg zur Place de la Halle, auf der sich die Menschen bereits hinter den Absperrgittern drängten. Sie quetschten sich durch bis zum Eingang des Office de Tourisme, wo der Briefkasten des Weihnachtsmanns stand. Er war rechteckig, etwas höher als Manon und aus dunklem Holz gezimmert, mit Eisenbeschlägen und einem rostigen Schlüssel vorne drauf. Die Umschläge musste man in den roten Weihnachtsmannstiefel mit den weißen Stulpen werfen, der auf der Vorderseite angebracht war. Direkt über dem Schlitz hing eine Tafel, auf der stand: »Hast du auch an deine Adresse gedacht?« Klar, ohne Absender konnte Weihnachtsmann einem nicht antworten.

Manon überprüfte Vorder- und Rückseite noch

einmal genau, ehe sie den Brief mit einem Seufzen durch die Öffnung gleiten ließ. Sie stellte sich auf die Zehenspitzen und presste die Stirn dagegen, um hineinzuspähen, doch vor ihren Augen war alles schwarz.

»Meinst du, da sind schon viele Briefe drin?«, fragte sie.

»Bestimmt. Aber deiner ist einer der schönsten.«

Ella zog sie ein Stück zur Seite, um Platz für einen etwa fünfjährigen Jungen zu machen, der einen DIN-A4-Umschlag ehrfürchtig vor sich her trug. Staunend beobachtete Manon, wie er seinen Brief an den Rändern quetschte, damit er in den Schlitz passte.

Da kam Xavier auf die beiden zu, die grüne Laterne in der Hand, die Manon in der Aufregung ganz vergessen hatte. Gemeinsam liefen sie zum Gemüseladen, wo Sophie mit ihren Eltern wartete, die ihnen einen Platz freigehalten hatten. Inzwischen dämmerte es, und der ganze Platz war in ein buntes Lichtermeer getaucht. Fast jedes Kind hatte eine Laterne dabei, um dem Weihnachtsmann den Weg zu leuchten. Während die Erwachsenen sich unterhielten, steckten Sophie und Manon die Köpfe durch die Stäbe der Absperrgitter und hielten nach dem Weihnachtsmann Ausschau.

Als er endlich in seinem schönen alten Auto um die Ecke bog, ging ein Raunen durch die Menge, und die Leute applaudierten. Der Weihnachtsmann winkte allen freundlich zu, während ein Engel den Wagen steuerte.

Plötzlich bekam Manon einen Riesenschreck. »Ella!«, rief sie. »Woher soll der Weihnachtsmann denn wissen, wo wir stehen? Er hat meinen Brief ja noch gar nicht gelesen?«

»Keine Sorge«, beruhigte Xavier sie. »Seine fleißigen Helfer haben den Kasten bestimmt inzwischen geleert und ihm Bescheid gesagt.«

Tatsächlich blieb der Wagen direkt vor ihnen stehen, und der Weihnachtsmann stieg aus, um sich mit den Kindern fotografieren zu lassen. Unmittelbar neben den beiden Mädchen öffnete einer der Ordner das Absperrgitter, und sie waren die Ersten. Stolz und überglücklich strahlten sie in die Kameras von Xavier und Sophies Vater.

Mit seiner tiefen Stimme fragte der Weihnachtsmann: »Na, ihr beiden, wart ihr dieses Jahr auch brav?«

Als die Mädchen nickten, lächelte er, reichte ihnen eine Tüte mit Süßigkeiten und wandte sich an das nächste Kind.

Kurz war Manon traurig, weil sie vergessen hatte zu fragen, ob der Weihnachtsmann ihren Wunsch erfüllen würde, aber dann zeigte sie Ella und Xavier stolz ihr Tütchen mit den Bonbons.

»Wow, ich bin ganz neidisch«, sagte Ella.

Danach wollten die Erwachsenen noch an einem der Stände einen *vin chaud* trinken, weil es so kalt war, und die beiden Mädchen bekamen einen Fruchtpunsch. Bald war ihnen langweilig, und sie spielten in der Menschenmenge fangen.

»He, Manon, bist du das?«, ertönte eine Stimme hinter ihr.

Das Mädchen fuhr herum, und prompt war Sophie über alle Berge. Als sie sah, wer sie da gerufen hatte, war die Freundin jedoch vergessen.

»Onkel Michel!«, rief Manon begeistert und stürzte sich in die Arme des dunkelhaarigen, breitschultrigen Mannes. »Sind Léa und Lily auch da?« Sie hielt nach ihren beiden Cousinen Ausschau.

Er deutete nach rechts. »Ja, sie sind mit Tante Audrey irgendwo da drüben. Ich habe uns gerade Zuckermandeln gekauft. Willst du eine?«, fragte er und streckte ihr die Tüte hin, woraufhin Manon sofort zugriff. »Bist du denn ganz alleine hier? Wo ist *mamie*?«

»Nein, ich habe mit Sophie fangen gespielt, aber jetzt ist sie weg.«

Plötzlich stand Ella vor ihnen, außer Atem und mit besorgter Miene. »Mensch, Manon, wo hast du denn gesteckt? Ich hab dich schon überall gesucht!« Sie klang ziemlich sauer. Dann fiel ihr Blick auf Onkel Michel, und sie guckte ganz komisch. »Darf ich fragen, wer Sie sind?«

»Das Gleiche könnte ich Sie fragen«, erwiderte er. »Sind Sie mit meiner Nichte hier? Dann sollten Sie besser auf das Mädchen aufpassen.«

Noch immer funkelte Ella ihn wütend an. »Kennen wir uns?«

Er schüttelte den Kopf. »Nicht, dass ich wüsste.«

Die beiden standen sich gegenüber wie zwei Raufbolde auf dem Schulhof. »Das ist mein Onkel Michel, und das hier ist Ella«, stellte Manon die Erwachsenen vor, um zu vermitteln. »Sie und Xavier sind unsere Feriengäste und haben mich heute mit hierhergenommen«, wandte sie sich an ihren Onkel. »*Mamie* hat's erlaubt, du kannst sie selbst fragen. Die beiden sind total nett und passen super auf mich auf.«

Sofort hellte sich seine Miene auf, und er entschuldigte sich.

»Schon gut«, meinte Ella immer noch abweisend und nahm Manon an der Hand. »Wir müssen los, Xavier ist schon vorgegangen und holt das Auto.«

»Na dann gute Heimfahrt. Und komm uns mal wieder besuchen, Léa und Lily würden sich sehr freuen.«

Ein Strahlen breitete sich auf Manons Gesicht aus. »Au ja, mach ich. *Salut.*«

Sie drückte ihrem Onkel einen Kuss auf die Wange, bevor Ella sie wegzog.

Auf der Rückfahrt dauerte es keine fünf Minuten, bis Manon bleierne Müdigkeit überkam. Was für ein toller Tag!, dachte sie noch, dann fielen ihr die Augen zu.

Gleich am nächsten Nachmittag wollte Manon ihr Versprechen in die Tat umsetzen, was eine heikle Angelegenheit war. Großmama Joséphine durfte nämlich unter keinen Umständen etwas davon erfahren, weil sie und Onkel Michel Streit hatten. Worum es genau ging, wusste Manon nicht, sie hatte nur mitbekommen, wie sich die beiden im Juni beim Geburtstagsfest ihrer Großmutter plötzlich in der Küche angeschrien hatten. Die lauten Stimmen waren bis ins Wohnzimmer zu hören gewesen, und kurz darauf hatte Onkel Michel türenknallend das Haus verlassen. Als *mamie* sich wieder zu ihren Gästen an den Tisch setzte, war die Geburtstagsstimmung dahin, und alle gingen bald nach Hause.

Seitdem hatte Manon ihre Cousinen nicht mehr gesehen, was sie sehr schade fand, und das nicht nur weil die beiden den Ponyhof von Barbie hatten. Sie hing sehr an ihrem Onkel, der seinem älteren Bruder, ihrem *papy*, so ähnlich sah, als wären sie Zwillinge gewesen. Und Tante Audrey machte die besten Crêpes, vor allem die mit geschmolzener Schokolade und Bananenstückchen, die es immer zum Nachtisch gab, waren so was von lecker. Dass sie nicht selbst schon auf die Idee gekommen war, die vier zu besuchen, ohne ihre Oma um Erlaubnis zu fragen …

Am frühen Nachmittag war die Gelegenheit günstig, da *mamie* Großeinkauf machen wollte und danach noch einen Friseurtermin hatte. Sie würde sicher nicht vor sieben Uhr abends zurückkommen, denn sie hatte Manon aufgetragen, das Abendessen vorzubereiten. Wenn sie sich beeilte, konnte sie ganze drei Stunden bei Léa und Lily verbringen.

Sie setzte Monsieur Lapin in seinen Käfig und sagte zu ihm: »Dass du mir ja keinen Unsinn machst, bis ich zurück bin.«

Dann zog sie Jacke, Schal und Mütze an und schlüpfte in die Winterstiefel. Es dauerte eine Weile, bis sie den Ersatzschlüssel gefunden hatte. Sorgfältig schloss sie die Wohnungstür ab, drehte den Schlüssel zweimal rum, wie *mamie* es ihr eingeschärft hatte, und trat auf die Straße.

Seit dem Morgen herrschte Tauwetter, der Schnee war matschig und grau, die Schicht darunter war jedoch vereist. Vorsichtig ging Manon die Rue Stephen Liegeard entlang und bog in die Rue de la Liberté ab, bis sie nach wenigen Minuten vor dem Haus ihres Onkels in der Rue Jules Mercier stand.

»Manon, *ma chère*, was für eine Überraschung!«, rief Tante Audrey, als sie die Tür öffnete.

Da stürmten auch schon Léa und Lily herbei, und die drei Mädchen lagen sich in den Armen.

»Komm mit, wir müssen dir was zeigen«, sagte Lily und zog Manon mit ins Kinderzimmer, wo die beiden Schwestern mit Leintüchern und Tischdecken eine Höhle gebaut hatten.

Zum Glück ließ Tante Audrey sie gewähren und fragte nicht weiter nach, ob *mamie* von ihrem Ausflug wusste.

Selbstvergessen spielten die drei in ihrer Räuberhöhle und tobten durch den Raum. Die Zeit verging wie im Flug, und Manon erschrak, als Onkel Michel in der Tür stand und das Licht anmachte, weil es inzwischen dämmerte.

»Wie schön, dass du uns besuchst, Manon«, sagte er und streichelte ihr über die erhitzten Wangen. »Weiß *mamie* Bescheid, dass du hier bist?«, stellte er dann die gefürchtete Frage.

Manon schüttelte den knallroten Kopf.

Der erwartete strafende Blick blieb aus. Stattdessen schickte Onkel Michel ihre Cousinen nach draußen und setzte sich zu ihr auf den Boden, wo sie sich aus mehreren Kissen ein bequemes Lager gebaut hatte. Sofort drückte sie sich an ihn und genoss seine Wärme.

»Wie geht's euch denn so? Alles in Ordnung mit der Bäckerei?«, fragte er.

»Super!« Manon strahlte. »Das Geschäft läuft prächtig«, wiederholte sie einen Satz, den sie aus dem Mund ihrer Großmutter schon oft gehört hatte.

Onkel Michel lächelte. »Wie schön. Schafft *mamie* das denn auch alles?«

»Willst du helfen kommen?«, fragte Manon verwundert.

Er lachte. »Nein, nein. Aber sind die Kunden nicht sauer, wenn ihr mal zu spät liefert?«

Stolz erwiderte das Mädchen: »Wir liefern immer pünktlich. Das ist unsere Berufsehre.«

»Und mit den Lieferanten klappt auch alles?«

»Klar. Warum bist du so neugierig?«

»Ich mache mir eben Sorgen um euch.« Onkel Michel strich ihr übers Haar. »Wir sehen uns ja gar nicht mehr, seit ...« Er brach ab.

Sofort wurde es Manon wieder schwer ums Herz. »Du, Onkel Michel, warum hast du Streit mit Oma Josi? Ich bin auch nie lange böse mit Sophie.«

Er seufzte. »Ach, das ist kompliziert.«

»Könnt ihr euch nicht einfach wieder vertragen?«

Bedauerndes Kopfschütteln.

Manon stampfte auf. »Warum denn nicht?«

»Das verstehst du nicht.«

»Oh, ich verstehe sehr viel für mein Alter. Das sagt *mamie* immer«, erwiderte sie mit wichtiger Miene.

Onkel Michel stand auf. »Lass uns ein andermal darüber reden, *ma chère*. Und jetzt ab nach Hause mit dir, du wirst sicher schon erwartet.«

Manon erschrak und sammelte hastig ihre Sachen zusammen, ehe sie sich von ihren Cousinen und Tante Audrey verabschiedete. Die Mädchen waren traurig, dass sie schon wieder ging.

Auf dem Nachhauseweg bekam sie auf einmal ein sehr schlechtes Gewissen, weil sie diesen Ausflug heimlich gemacht hatte. Hoffentlich war Großmama Joséphine noch nicht zurück, sonst gab es Ärger.

# 5

Entnervt legte Ella auf und warf das Telefon neben sich aufs Sofa. Mit diesem Anwalt einen Termin auszumachen war eine Lebensaufgabe.

Eigentlich hatte ja Xavier dem Widerling einen Besuch abstatten wollen, aber nach einem weiteren Gespräch mit Madame Bernard waren sie zu dem Schluss gekommen, dass Ella hingehen sollte. Die alte Dame hatte ihnen den Fall noch einmal in allen Einzelheiten geschildert, und die beiden waren sicher, dass der Anwalt und sein Mandant ihr nichts anhaben konnten. Trotzdem musste man ihn in seine Schranken weisen und ihm verbieten, Madame Bernard zu bedrohen. Xavier hatte angeboten, die Bilanzen der Bäckerei durchzugehen und mit Madame Bernard in den nächsten Tagen einen Termin bei der Bank auszumachen. Sie wollten einen Zwischenkredit aushandeln, bis die Einnahmen aus dem Weihnachtsgeschäft auf dem Konto waren und sich die Lage entspannte.

Seit drei Tagen telefonierte Ella diesem Anwalt nun schon hinterher, und es war entweder besetzt, oder sie erwischte nur die Mailbox. Die aufgesprochenen Nachrichten schien Monsieur Burgoin nicht abzuhören. Vielleicht ignorierte er sie auch bewusst. Aber so leicht kam er nicht davon. Notfalls würde sie vor seiner Kanzlei kampieren, bis er auftauchte. Hoffentlich war er nicht schon im Weihnachtsurlaub.

Anton saß schnurrend auf ihrem Bauch und rieb seinen Kopf an ihrer Hand, als müsste er sie beruhigen. Gedankenverloren streichelte sie den Kater, der sich gerade ordentlich den Bauch vollgeschlagen hatte.

Dank Madame Bernard war der Bann gebrochen, und Anton fraß wieder normal. Sogar Dosenfutter, wenn auch nur das teuerste, das sie hatte finden können. Überhaupt hatte sie den Eindruck, dass der Kater sich inzwischen gut eingelebt hatte und sich wohlfühlte. Nach draußen ging er zwar nur selten, aber er hatte das Lager der Bäckerei für sich entdeckt und stattete Manon und ihrem Kaninchen öfter mal einen Spontanbesuch ab, um sich mit Monsieur Lapin brüderlich eine Karotte zu teilen. Seit sie die beiden neulich abends auf Manons Wunsch zusammengesteckt hatten, waren sie nahezu unzertrennlich. Wenn ihr das jemand vorher erzählt hätte… Anton und ein Nager als *best friends forever*.

Wie man französische Türklinken handhabte, hatte der Kater jedenfalls längst rausbekommen, und Madame Bernard widerstand seinem Profi-Bettelblick genauso wenig wie Gerda Schürer. Außerdem machte er allmorgendlich pünktlich um Viertel vor sechs seinen Revierrundgang und verlangte danach lautstark, dass sein Napf gefüllt wurde. Heute Morgen hatte sich Xavier erbarmt und war aus dem Bett gekrochen, wofür Ella ihm unendlich dankbar war.

Irgendwie ließ sich das hier alles ziemlich gut an. Xavier trug sie auf Händen, las ihr sämtliche Wünsche von den Augen ab und wollte um jeden Preis, dass sie sich in seiner Heimat wohlfühlte. Anfangs war es ihr ein bisschen zu viel des Guten gewesen, schließlich war sie immer schon alleine klargekommen und brauchte keinen Versorger, aber inzwischen genoss sie Xaviers Fürsorge sehr und fand ihn einfach nur rührend. Genauso wie seine riesige Familie, die ihr vor ein paar Tagen einen so netten Empfang bereitet hatte. Am kommenden Sonntag waren sie wieder eingeladen, zum Familienessen, und Ella freute sich ebenso darauf wie auf die Yogastunde mit Chloë, die sie für nächste Woche vereinbart hatten. Sie hatte sich bei den Dupins auf Anhieb heimisch gefühlt, Xaviers Mutter mit ihrer herzlichen Art musste man einfach mögen. Auch wenn Madame Dupin mit Vorsicht zu genießen war, wie Xavier selbst behauptet hatte. Ella konnte sich gut vorstellen, dass seine Mutter, die gerne den Ton angab, durchaus unangenehm werden konnte, wenn es mal nicht nach ihrem Kopf ging. Aber wenn man sie zu nehmen wusste, kam man sicher gut mit ihr klar.

Eine schwierige Klippe hatte Ella sogar schon umschifft, wenn auch nur vorerst. Madame Dupin hatte ihr beim Essen von der leerstehenden Einliegerwohnung im Haus vorgeschwärmt, in die sie und Xavier im neuen Jahr ziehen könnten. Sie hatte sich höflich für das Angebot bedankt und dann geschickt das Thema gewechselt, ohne weiter darauf einzugehen.

Ihr Handy hupte, Isi hatte geschrieben.

*Hallo Süße, wie ist es in Frongraisch? Hast du schon alle um den Finger gewickelt? Miss you! Isi.*

Als hätte sie gerochen, dass Ella gerade über Xaviers Familie nachdachte.

*Klar*, schrieb sie zurück, *sind mir alle glatt auf den Leim gegangen. Hab neulich mit Xaviers Tante Yoga gemacht. Die ist vierundsiebzig und hört schlecht, aber kriegt den Schulterstand besser hin als ich. Miss you, too. Und bei dir so?*

Die beiden Freundinnen simsten noch eine Weile hin und her, dann ging Ella hinunter zu Madame Bernard, um in der Backstube auszuhelfen. Céline war zwar da, aber Julie war immer noch krank, Manon schrieb diese Woche eine Klassenarbeit und sollte lernen. Auch wenn sich Ellas Talent beim Backen in Grenzen hielt, Hilfsarbeiten wie Rosinen und Nüsse hacken, Kuvertüre im Wasserbad schmelzen oder Geschenkverpackungen falten bekam sie hin. Die Arbeit machte ihr großen Spaß, sie werkelte konzentriert vor sich hin, bis Xavier hereinkam.

»*Bonsoir*, die Damen.« Er inspizierte die Arbeitsfläche. »Gibt's zufällig was zu naschen? Ich habe Hunger.«

Madame Bernard wischte sich mit dem Handtuch, das an ihrer Schürze hing, den Schweiß von der Stirn. »Für Sie immer, Monsieur Dupin. Wenn Sie noch zehn Minuten warten, schicke ich *mademoiselle* mit einem Teller frischen *glacés-minces* rauf. Sie hat mir sehr geholfen und kann gerne Schluss machen für heute.«

»Keine Sorge, ich muss nicht gehen, nur weil Xavier jetzt da ist. Ich bleibe so lange, wie Sie mich brauchen«, protestierte Ella.

Xavier wandte sich zur Tür. »Bin schon weg. Ich warte dann oben auf dich. Lass dir ruhig Zeit, aber komm ja nicht ohne die Kekse.«

Eine Dreiviertelstunde später brachte ihm Ella eine Riesenportion mit Zuckerguss glasiertem *pain-d'épices*, auf die er sich ausgehungert stürzte.

Zwischen den Bissen erzählte er von dem Treffen mit seinem Kollegen Hervé, der Hilfe beim Renovieren gebraucht hatte. Während sie das Wohnzimmer strichen, hatte er Xavier von seiner neuen Flamme erzählt, einer Physiotherapeutin. Die »heiße Maus mit Bombenfigur« – O-Ton Hervé – hatte ihm völlig den Kopf verdreht.

»Du meinst, eine wie ich«, neckte Ella ihn.

In gespieltem Entsetzen riss Xavier die Augen auf.

»Ach, *ma puce* darf ich dich nicht nennen, *heiße Maus* dagegen geht, ja?«

»Klar. Aber nur wegen der Bombenfigur!« Ella grinste frech und ließ sich in den Fernsehsessel fallen.

»Guter Joke. Hervé hat mir übrigens einen Chardonnay von der Domaine Doudet Naudin für dich mitgegeben. Er meint, den solltest du unbedingt probieren, der Wein könnte hervorragend in euer Sortiment passen. Ihr wart doch noch auf der Suche nach einem außergewöhnlichen Chardonnay. Es ist ein AOC-Wein der Côte de Beaune, aromatisch und ausgewogen, und hat die Silbermedaille bei der *Best Value Selection* gewonnen. Überzeugt hat die Juroren wohl vor allem der ausbalancierte Fruchtgeschmack von Birne, Pflaume und Zitrusfrüchten.«

»Du hörst dich an wie ein Profi-Vertriebler, aber der Wein klingt gut. Ich kenne Doudet Naudin nicht.«

Xavier hielt ihr die Flasche unter die Nase. »Das ist ein Familienbetrieb von achtzehnhundert noch was, in dem Qualität noch großgeschrieben wird. Die Rebstöcke sind bis zu sechzig Jahre alt, und sie ernten ausschließlich von Hand. Wenn du willst, fahren wir in den nächsten Tagen mal hin und verkosten ein paar Weine«, schlug er vor.

Ella grummelte. »Ich bin im Urlaub. Mein Chef kann warten. Aber lass uns die Flasche von Hervé aufmachen. Du hast mein Neugier-Gen aktiviert.«

»Sofort, *mademoiselle.*«

Xavier verschwand in der Küche und kam mit zwei Gläsern, dem geöffneten Chardonnay und klein geschnittenen Weißbrotwürfeln zurück. Auf dem Tablett stand außerdem ein Kuchenteller mit einer dicken Scheibe *jambon persillé* und einem großen Klecks Himbeersenf.

»Nur für den Fall, dass dich die Verkostung hungrig macht«, sagte er.

»Danke.« Es freute sie, dass er sich gemerkt hatte, wie gut ihr die Schinken-Petersilien-Sülze bei seinen Eltern geschmeckt hatte.

Nachdem er eingeschenkt hatte, begutachteten sie den goldgelb funkelnden Wein im Glas und rochen ausgiebig daran, ehe sie den ersten Schluck tranken und auf die Geschmacksexplosion warteten. Sie wurden nicht enttäuscht. Dem leicht rauchigen, fast schon buttrig cremigen Wein merkte man die Gärung im Eichenfass an, und das leichte Haselnussaroma verpasste ihm eine ganz besondere Note.

Anerkennend zog Ella die Augenbrauen hoch. »Deinen Kumpel Hervé kann man was machen lassen.« Sie trank gleich noch einen Schluck und lehnte sich zurück.

»Tja, er versteht eben nicht nur was von Frauen.«

»Sag mal, wollen wir heute Abend vielleicht ins Kino gehen?« Sie stellte das Glas ab und blätterte die kostenlosen Stadtzeitungen *Mag'azette* und *Èchos des Communes* durch, die Madame Bernard ihr mitgegeben hatte. Dann deutete sie auf die Seite, auf der die Filme der Woche aufgeführt waren. »Im Olympia läuft *Mon Roi*, das ist der neue Film von Maiwenn. Was meinst du?«

Xaviers Begeisterung hielt sich in Grenzen. »Ist das nicht einer von diesen Frauenfilmen mit Ehedrama und so?« Er stöhnte. »Kommt nicht irgendwo *Star Wars*? Was läuft denn im Cinéma Darcy?«

Mit dem Zeigefinger fuhr Ella die Spalten entlang. »Glück gehabt: *Le Réveil de la Force*. Allerdings wirst du die Macht nicht erwachen sehen, wenn du mir nicht ein super verlockendes Angebot machst.« Sie schürzte die Lippen. »Freiwillig gehe ich da nämlich nicht mit dir rein. Sonst träume ich heute Nacht von Darth Vaders schwarzem Rollkragenpulli.«

»Vorsicht! Leg dich nicht mit der dunklen Seite der Macht an.«

»Niemals!«

Sie einigten sich darauf, nicht ins Kino, sondern Eislaufen zu gehen. Auf der Place de la Libération war in der Vorweihnachtszeit eine Kunsteisbahn aufgebaut, die in den Abendstunden kunstvoll illuminiert war.

Ella hatte schon ewig nicht mehr auf Schlittschuhen gestanden, entsprechend wackelig fuhr sie in den ziemlich abgenutzten, ausgeleierten Leihschuhen. Die riesige Eisfläche, neben der zwischen weiß angesprühten Tannenbäumen bunt beleuchtete Figuren aus Drahtgeflecht für Atmosphäre sorgten, war restlos überfüllt. Überall standen kichernde Teenager in Grüppchen zusammen, an der Bande hangelten sich die Anfänger entlang, während die Könner in ihren Eishockeyschuhen lässig zwischen den anderen Läufern hindurchkurvten und dabei auch noch Pirouetten drehten.

Xavier nahm Ella an den Händen, um sie zu stützen, und fuhr rückwärts vor ihr her, bis sie das Gleichgewicht alleine halten konnte. Bald glitten sie Hand in Hand zu aktuellen Charthits übers Eis, bis kurz vor elf per Durchsage das Ende der Veranstaltung verkündet wurde. Als Ella die Schlittschuhe auszog, hatte sie am rechten großen Zeh eine Wasserblase.

Am nächsten Morgen war die Blase aufgeplatzt, und der Fuß schmerzte so sehr, dass Ella kaum in ihre Schuhe kam. Sie wollte gerade zum Supermarkt gehen, um Milch, Wurst und Käse fürs Frühstück einzukaufen, als Madame Bernard klopfte.

»*Bonjour*, entschuldigen Sie die Störung, aber ist Monsieur Dupin da? Die Teigknetmaschine ist kaputt, und ich muss ganz dringend backen. Vielleicht kann er sie sich mal ansehen?« Die alte Dame war völlig außer Atem.

»Ja klar.«

Ella rief Xavier, der im Bad war, und zu dritt gingen sie hinunter in die Backstube. Ellas schmerzender Zeh war vergessen.

Die Teigknetmaschine stand mit hochgeklapptem Rührwerk da, der riesige abnehmbare Edelstahlkessel thronte auf der Arbeitsplatte. Madame Bernard hatte die Bedienungsanleitung danebengelegt, aufgeschlagen beim Kapitel *Störungen und Problembehebung*.

Sie deutete darauf. »Ich habe schon beim Kundendienst angerufen. Leider kann erst übermorgen jemand vorbeikommen. Fast drei Tage ohne Knetmaschine, das ist mein Ende. Ich habe mehrere Großaufträge diese Woche.« Madame Bernard hatte Tränen in den Augen.

Tröstend legte Ella die Hand auf ihren Arm. »Jetzt malen Sie nicht gleich den Teufel an die Wand. Vielleicht findet Xavier ja den Fehler.«

Der inspizierte bereits die Maschine. Anhand der Anweisungen in der Bedienungsanleitung überprüfte er erst die Schalthebel, dann Knethaken und Teigbrecher, doch die Maschine tat keinen Mucks. Mehrfach schaltete er sie ein und aus, zog den Stecker und probierte sogar eine andere Steckdose aus – nichts. Nachdem er noch eine Weile herumhantiert hatte, gab er auf. »Tut mir leid, ich als Laie kann da nichts machen.«

Die alte Dame sank auf einen Stuhl und schlug die Hände vors Gesicht. »Was soll ich denn jetzt tun?«

Gemeinsam entwickelten sie einen Notfallplan, mit dem der Betrieb zumindest halbwegs aufrechterhalten werden konnte. Nach einem erneuten Anruf beim Kundendienst bekamen sie einen Termin für den kommenden Tag, und Madame Bernard engagierte für heute die beiden Aushilfen, die jeweils eine Freundin mitbringen wollten. Damit würde es zwar sehr eng werden in der Backstube, aber wenn alle zusammen anpackten, konnten sie es schaffen, die Teige mit mehreren Handmixgeräten anzurühren.

Am Nachmittag seilte Ella sich ab und fuhr zur Kanzlei von Frédéric Burgoin. Er residierte im dritten Stock eines Renaissancegebäudes in der Rue Verrerie. An dem hohen Portal aus dunklem Holz prangte ein Türklopfer aus Messing mit einem Löwenkopf. Die Namensschilder am Klingelbrett waren ebenfalls aus Messing und in eleganter Schreibschrift graviert. Als Ella den weißen Knopf drückte, war das Läuten bis auf die Straße zu hören.

Die Gegensprechanlage knarzte, eine weibliche Stimme sagte: »*Bonjour*, was kann ich für Sie tun?«

Ella räusperte sich. »*Bonjour*, Ella Böhm mein Name, ich würde gerne mit Monsieur Burgoin sprechen.«

Lange kam nichts, dann: »In welcher Angelegenheit?«

»Es geht um Madame Bernard und ihre Bäckerei. Ich möchte …« Weiter kam sie nicht.

»Monsieur Burgoin ist für Sie nicht zu sprechen.« Erneut ein Knarzen, dann Stille.

»Was?« Fassungslos starrte Ella den Lautsprecher an. »Das gibt's ja wohl nicht.«

Sie klingelte Sturm und rüttelte an der Tür. Dann drückte sie nacheinander alle Knöpfe, in der Hoffnung, dass irgendwer den Summer betätigte. Nichts.

»Verdammter Kotzbrocken!«

Ein letztes Mal hieb sie mit der Faust auf die Klingel der Kanzlei, wieder war das Läuten deutlich zu hören. Erst überlegte sie, tatsächlich vor dem Tor zu warten, bis der Anwalt herauskam, aber sie wusste ja nicht einmal, ob er überhaupt da war. Frustriert wandte sie sich ab und wäre beinahe einer jungen Mutter vor den Kinderwagen gelaufen. Die Frau starrte Ella an, als hätte sie eine ansteckende Krankheit. Mit wütenden Schritten stapfte sie davon, wobei der Schnee unter ihren Füßen zur Seite stob.

In der Rue Liegeard angekommen war sie völlig außer Puste, weil sie, statt den Bus zu nehmen, die ganze Strecke gelaufen war, um sich abzureagieren.

Anton wartete hinter der Tür, als sie aufschloss, und strich ihr schnurrend um die Beine. Dann sprang er auf ihre Schulter und schleckte ihr übers Ohr, als spürte er, dass sie schlecht drauf war und Trost brauchte.

In der Küche saß Xavier, vor ihm auf dem Tisch die Unterlagen der Bäckerei. Es sah aus, als wäre ein Wirbelsturm darüber hinweggefegt. Ein einziges Chaos.

»Stell dir vor, dieser Mistkerl von Anwalt hat mich nicht mal …« Ella verstummte, als Xavier den Kopf hob. Seinem Blick war anzusehen, dass irgendetwas nicht stimmte. »Was ist? Steigst du nicht durch?«

Er winkte ab. »Ach, wenn's nur das wäre. Stell dir vor, die Bestelllisten sind verschwunden. Und zwar nicht nur die Ausdrucke von der Pinnwand in der Backstube, sondern auch die Dateien im Computer. Einfach gelöscht.«

Es dauerte ein paar Sekunden, bis Ella ihre Sprache wiedergefunden hatte. »Wie kann das sein?«

Xavier zuckte die Achseln. »Keine Ahnung. Irgendwer muss sich am PC zu schaffen gemacht haben. Die Frage ist nur, wer.«

Anton stellte die Ohren auf und lauschte, nachdem die Tür ins Schloss gefallen war. Die Schritte auf der Treppe entfernten sich, die Haustür ging, dann war die Luft rein. Er sprang auf die Sofalehne und nahm Maß. Die günstige Gelegenheit durfte er keineswegs ungenutzt verstreichen lassen. Es kam selten genug vor, dass Ella ihm ein so tolles Geschenk machte, aber gut, es war ja bald Weihnachten.

Sein Körper spannte sich, die Pupillen wurden schmal, als er sich mit den Hinterläufen abdrückte.

Mist!

Er hatte den stabilen, dicken Ast in der Mitte angepeilt, war jedoch gut zehn Zentimeter darunter gelandet und krallte sich nun mit den Vorderpfoten am Stamm fest, während er versuchte, mit den Hinterläufen Halt zu finden. Die Ästchen gaben jedoch unter seinem Gewicht nach, und mit seinem Gestrampel brachte er den Tannenbaum in eine gefährliche Schieflage.

Herrje, diese französischen Krücken waren ihr Geld aber auch nicht wert. Bei einer anständigen Nordmanntanne wäre ihm das nicht passiert.

Mit einem Satz sprang er zurück aufs Sofa und betrachtete sein Werk. Der Baum war in dem Ständer verrutscht und hing gut einen halben Meter nach links. Keine Chance, dass Ella und Xavier das Malheur übersahen, wenn sie nach Hause kamen. Selbst wenn sie im ersten Moment dachten, dass sie die Schrauben nicht fest genug angezogen hatten und der Baum deshalb gekippt war, würden sie spätestens beim Anblick der Kratzspuren Bescheid wissen.

Tja, er konnte es ihnen höchstens noch als moderne Kunst verkaufen. Aber auch was das anging, standen die Aktien für ihn nicht sonderlich gut.

Was soll's, Zeit für einen Kontrollgang, dachte der Kater, denn er wollte die aufsichtsfreien Stunden bestmöglich nutzen. Er ging davon aus, dass Ellas Benimmregeln lediglich zu Hause in München und nicht grenzübergreifend galten, schließlich war sie nicht die EU. Zumindest hatte sie es nicht ausdrücklich erwähnt, und Verbote, die er nicht mit eigenen Ohren gehört hatte, existierten nicht für Anton.

»Neues Spiel, neues Glück«, sagte er sich, als er mit

in die Höhe gerecktem Schwanz davontrabte. Um die Anspannung der missglückten Tannenbaumbezwingung loszuwerden, fegte der Kater im Schweinsgalopp durch die Räume und jaulte die Wände an wie ein Werwolf den Mond. Im Schlafzimmer sprang er aufs Bett, verkrallte sich in einem der Kissen und biss kräftig hinein, um dann unter der Bettdecke hindurch, einmal quer durchs Zimmer und über den Flur bis ins Gästeklo zu rasen, wo er in vollem Lauf auf den Toilettendeckel sprang und fast abgerutscht wäre. Sein Geschrei klang markerschütternd und tat so richtig gut.

Rumfetzen war wichtig fürs Katzenwohlbefinden. Zu Hause hatte er das immer mit Lizzy gemacht oder mit dem dicken Felix, den er mit Vorliebe durchs Gebüsch jagte. Hier in Dijon war es etwas schwieriger. Das Flusenkarnickel war zwar netter als anfangs gedacht und ein echt guter Kumpel, der sogar sein Fressen mit ihm teilte, aber sobald er Monsieur Lapin zum Hasch-mich-Spielen aufforderte, verkroch der Dödel sich und kam die nächsten zwei Stunden nicht mehr hervor. Und alleine auf die Straße traute Anton sich mitten in der Stadt nicht. Sein Revier beschränkte sich auf das Haus, die Backstube, den Hinterhof und das Lager der Bäckerei, wo zu seiner großen Freude Mäuse lebten. Egal, Indoor-Toben machte auch Spaß.

Nachdem er sich abreagiert hatte, trottete Anton

zufrieden und in gemächlichem Tempo in die Küche. Küchen waren eine wunderbare Erfindung, meist entdeckte man dort irgendetwas Spannendes, und fast immer hatte es mit Essen zu tun.

Seine Nase lockte ihn auf die Arbeitsplatte, auf der er sanft und geräuschlos landete, hocherfreut über die duftende Schale mit Kartoffelgratin, die lediglich mit einem Suppenteller abgedeckt war. Ein Tatzenhieb und das Festmahl war bereitet, zumindest die Vorspeise. Seit seinem Hungerstreik, der insgesamt zwei Tage, sieben Stunden und dreiundvierzig Minuten und damit eindeutig zu lange gedauert hatte, fraß er grundsätzlich auf Vorrat. Obwohl Madame Bernard eine ähnlich zuverlässige alternative Futterquelle war wie Oma Gerda, er ging lieber auf Nummer sicher.

Auch wenn seine Zweibeiner-Erziehungsmaßnahme funktioniert und Ella noch immer ein schlechtes Gewissen hatte, was nie schaden konnte, fand Anton im Nachhinein, dass der Einsatz verdammt hoch gewesen war. Aber egal, wer etwas erreichen wollte, der musste seine Komfortzone auch mal verlassen und etwas wagen. Wer den ganzen Tag nur faul im Katzenkorb lag und sich hinter den Ohren kraulen ließ, der kam nicht weit.

Nach den ersten Happen stutzte der Kater, hob den Kopf und horchte angestrengt. War das etwa eine Falle? Hatte Ella den Auflauf absichtlich stehen lassen, um ihn auf frischer Tat zu ertappen? Sie wusste ganz genau, dass Fressen mit Abstand seine Lieblingsbeschäftigung war, noch vor Dösen und Zweibeiner ärgern. Zu Hause würde sie nie Nahrungsmittel offen herumstehen lassen. Das gab ihm zu denken. Noch einmal spitzte er die Ohren. Nein, er hörte nichts. Beruhigt kauerte er sich wieder hin und schleckte in aller Seelenruhe die Schale aus, bis sie aussah wie frisch gespült.

Nachdem er sich ausgiebig geputzt hatte, stellte er fest, dass so ein Kartoffelgratin ziemlich durstig machte, und sprang mit einem eleganten Satz auf den Fliesenboden, um zu seinem Trinknapf zu schlendern. Dabei fielen ihm die Rosen auf dem Esstisch auf, die Xavier Ella neulich geschenkt hatte. Knallrot war sie geworden, so sehr hatte sie sich gefreut. Die zartrosa Blüten waren weit geöffnet und dufteten stark.

Über die Eckbank kletterte Anton auf den Tisch und beschnupperte ausgiebig die Blüten, um sich daran zu reiben. Dabei fiel eine Rose heraus, und er schleckte genüsslich die Wassertropfen vom Stiel. Kurzentschlossen steckte er das Mäulchen in die trichterförmige Vase und fing an zu trinken. Selbstverständlich stellte Ella ihm, wie es sich gehörte, täglich frisches Wasser hin, allerdings konnte es nie schaden, zusätzliche Wasserquellen zu erschließen. Was man hatte, das hatte man.

Da pikste ihn ein Dorn in die Backe, und er riss ruckartig den Kopf hoch. Die Rosen purzelten durcheinander, der Kater schüttelte sich, und schon war es passiert. Die Vase kippte um und entleerte sich über den gesamten Tisch. Hektisch schnickte Anton die Vorderpfoten, die bei der Aktion nass geworden waren, und verteilte Wasserspritzer an der hellblauen Wand. Oha, das war nicht gut. Das zweite Missgeschick für heute, irgendwie war das nicht sein Tag.

Als wäre das Unglück nicht schon groß genug, drehte sich just in diesem Moment der Schlüssel im Schloss. Heiliger Hundehaufen, das waren Ella und Xavier! Blitzschnell verzog Anton sich in seinen Katzenkorb, rollte sich zusammen und stellte sich schlafend.

Es kam, wie es kommen musste. Während Xavier im Wohnzimmer den schiefen Tannenbaum entdeckte, stieß Ella in der Küche beim Anblick der umgestoßenen Vase und der Wasserlache einen Schrei aus. Anton kniff die Augen noch ein bisschen fester zu und schickte eine Bestellung ans Universum, er möge ab sofort der Rasse der Unsichtbarkatzen angehören. Doch entweder gab es die Rasse nicht, oder er hatte die Bestellung zu spät aufgegeben, jedenfalls brach ein Donnerwetter vom Ausmaß einer Naturkatastrophe über ihn herein.

Ella baute sich vor ihm auf und stemmte die Hände in die Hüften. Ihre Augen funkelten, ihr Mund war schmal. Dass sie wegen ein bisschen Wasser so sauer wurde, kam ihm seltsam vor, sonst war sie nicht so kleinlich. Außerdem verdunstete das doch im Handumdrehen, so hoch wie Madame Bernard die Heizung eingestellt hatte.

»Anton, so geht's nicht«, sagte Ella mit leiser Stimme, während sie ihn mit Blicken durchbohrte.

Leise Stimmen waren gefährlich, das wusste der Kater aus Erfahrung, sie waren sozusagen die Vorboten des Sturms. Er öffnete die Augen und streckte sich, so als hätte er tatsächlich geschlafen, um Zeit zu gewinnen.

Dann folgte das Donnerwetter. Ella schimpfte wie ein Rohrspatz, packte ihn im Genick und setzte ihn in der Küche vor die Wasserlache. Es folgte ein zehnminütiger, mit diversen Ausdrücken von der Liste der Unwörter angereicherter Vortrag in ohrenbetäubender Lautstärke über den richtigen Umgang mit Blumenvasen im Allgemeinen und gefüllten Blumenvasen im Besonderen.

Mit hängenden Ohren saß Anton vor ihr und ließ die Tirade über sich ergehen. Stutzig wurde er erst, als Ella, ohne den Tannenbaum auch nur zu erwähnen, etwas von etlichen aufgerissenen Säcken im Lager der Bäckerei und unbrauchbaren Zutaten faselte. Angeblich sah es dort aus wie nach einem Nahkampf.

Es stimmte, er war am späten Vormittag unten gewesen und hatte Mäuse gejagt, aber er hatte bestimmt nichts kaputt gemacht. Abgesehen davon war Madame Bernard ihm für seine Dienste dankbar. Erst gestern hatte sie ihn höchstpersönlich für seinen Einsatz gelobt, als er ihr seinen Fang stolz vor die Füße gelegt hatte, und ihm nach ausgiebigen Streicheleinheiten ein Stückchen Pastete vorgesetzt. Von der leckeren mit Bressehuhn.

Was redete Ella da? Hatte sie etwa nicht mehr alle Sardinen in der Büchse?

Anton dachte nach. Für gewöhnlich fragte er nicht um Erlaubnis, wenn er etwas zerstörte. Das war unsinnig, Ella würde es ihm sofort verbieten, und dann bekäme er doppelt Ärger – vorher und nachher. Ärger hatte er sich nun auch so eingefangen, allerdings ohne dass er etwas angestellt hatte. Vielleicht sollte er sein Konzept überdenken?

Was war nur in seinen Lieblingsmenschen gefahren? So kannte er Ella nicht. Klar, sie schimpfte ab und zu mit ihm, schließlich war sie ein Zweibeiner, und die hatten immer was zu meckern, aber dass sie so ausrastete, war neu.

Jedenfalls fand Anton ihren Ausbruch himmelschreiend ungerecht. Nur weil er heute einen schlechten Tag gehabt hatte und seine Tollpatschigkeit mit diversen Kollateralschäden einhergegangen war, hieß das noch lange nicht, dass er an allem schuld war. Wieso hätte er Säcke mit Nüssen oder Rosinen aufreißen sollen? Oder gar welche mit kandierten Früchten? Die Krallen konnte man an dem Papier kaum schärfen, da war Holz oder grober Sofastoff allemal besser. Um sich zu vergiften, gab es garantiert wirkungsvollere Methoden. Und dass man mit totem Futter nicht spielte, war ein ungeschriebenes Katzengesetz. Eines von denen, an die Anton sich hielt.

Obwohl, vielleicht lag es ja gar nicht an ihm? Der Kater hatte mitbekommen, dass sich Ella und Xavier wegen diesem unfreundlichen Anwalt um Madame Bernard sorgten. War das vielleicht der Grund? Anton verstand nicht, warum sie überhaupt mit ihm reden wollten. Er hatte gleich erkannt, dass es pure Zeitverschwendung war, sich mit diesem übel riechenden Kerl zu beschäftigen. Nicht umsonst hatte er ihn bei ihrer ersten Begegnung angefaucht. Das hätte Madame Bernard auch tun sollen: das Fell aufstellen und drauflosfauchen. Das half so gut wie immer. Katzenerfahrungswert.

Diese Zweibeiner waren schon komisch. Ständig machten sie sich um irgendetwas Sorgen, sei es um Benzinpreise, Erbschaftssteuer, Veganismus, darüber, wer was wann zu wem in welchem Ton gesagt hatte, um fehlende Kita-Plätze, Fußballspiele kommentierende Frauen, das Wetter oder darüber, wie viele Flüchtlinge sie ins Land lassen sollten. Katzen dagegen hatten keine Zeit, sich mit derart unwichtigen Dingen zu befassen. Sie hatten Besseres zu tun. Schlafen zum Beispiel oder Mäuse jagen oder sich den Rücken schubbern lassen, manchmal auch in Blumentöpfen buddeln oder Schnürsenkel zerbeißen. Und natürlich fressen.

Im Grunde genommen kannten Katzen genau zwei Zustände: Entweder sie hatten Hunger, oder sie hatten keinen Hunger, und wenn sie keinen Hunger hatten, dauerte es sicher nicht lange, bis sie welchen bekamen. So einfach war das. Na gut, ein paar andere Kleinigkeiten gab es auch noch, aber die waren zu vernachlässigen.

Ellas Sorgen um Madame Bernard und die Hysterie, in die sie sich da hineinsteigerte, rechtfertigten auf keinen Fall das, was sie ihm als Nächstes androhte: Hausarrest.

Anton glaubte erst, sich verhört zu haben, aber sie wiederholte es tatsächlich noch einmal: Haus-ar-rest. Wie das schon klang. Das bedeutete, keine Gutenachtkarotte mehr mit seinem Kumpel Monsieur Lapin, keine Mäusejagd und auch keine Leckereien außer der Reihe bei Madame Bernard. Wahrlich eine harte Maßnahme. Mehr als hart sogar.

Was sollte das? Er wusste selbst, dass es nicht optimal gelaufen war mit dem Baum und der Vase. Aber das mit den Säcken … damit hatte er nichts zu tun.

Eine derart ungerechtfertigte Bestrafung konnte er sich unmöglich gefallen lassen. Antons Gedanken überschlugen sich. Was tun? Eine Pieselterroraktion starten so wie damals nach dem Pobiss von

Dr. Windisch? Sich selbst an einer Autobahnraststätte aussetzen und hoffen, dass ihn eine tierliebe Familie fand? Madame Bernard fragen, ob sie ihn adoptieren wollte? Ein guter Mäusefänger bereichert schließlich jedes Haus.

Dass Xavier ihn nicht verteidigte, sondern nur stumm dastand und zuhörte, verletzte ihn. So eine Katzenseele war empfindlich. Und Katzenohren auch. Vor allem lärmempfindlich. Anton war beleidigt.

Ehe er sich überlegen konnte, in welchen Schmollwinkel er sich verziehen sollte, um seine Rachepläne zu schmieden, kam Manon herein, wie immer mit Monsieur Lapin im Schlepptau. Sie warf Ella und Xavier nur ein kurzes »*Salut*« zu und ging vor dem Kater in die Hocke.

»Hallo Anton, kommst du mit raus?«, fragte sie. »Wir wollen im Schnee spielen.«

Der Kater konnte sich beim besten Willen nicht vorstellen, dass ein Kaninchen freiwillig im Schnee spielte, und zwar egal, wie viele Flusen es hatte. Obwohl, die Franzosen waren in vielen Dingen anders als die Deutschen, vielleicht galt das ja auch für ihre Haustiere. Abgesehen davon war jede Diskussion mit der kleinen *mademoiselle* zwecklos. Was ihren Dickkopf anging, konnte sie es glatt mit ihm aufnehmen, und das wollte etwas heißen.

Unabhängig von landestypischen Kaninchengewohnheiten im Winter und Ellas Verbot würde Anton heute ganz sicher keine Pfote vor die Tür setzen. Beim Frühstück hatte er mitbekommen, wie Xavier etwas von minus zwölf bis fünfzehn Grad erzählt hatte. Nachdem es erst getaut hatte, waren die Temperaturen vergangene Nacht wieder gefallen.

Minus fünfzehn Grad! Diese Außentemperaturen waren absolut katzenunwürdig. Seine persönliche Wohlfühltemperatur lag bei 24,7 Grad Celsius, das war ein Unterschied von … von … Ach, auf jeden Fall unakzeptabel. Bei dieser Eiseskälte konnte ja kein Hund richtig rechnen. Und erst recht kein verfrorener Kater.

Anton entschied sich für Rückzug und schlüpfte hinters Sofa, von wo ihn nicht mal sein Flusenfreund hervorlocken konnte.

# 6

Als Punkt Viertel nach zwölf die Schulglocke läutete, sprangen alle Schüler auf und räumten ihre Sachen zusammen, obwohl Madame Ferrand noch redete. Die Mathematiklehrerin, die zugleich Klassenlehrerin war, erhob sich und klopfte mit dem langen Holzlineal aufs Pult.

»Momentchen, ihr Lieben. Die eine Minute könnt ihr mir noch zuhören. Bitte setzt euch alle wieder hin.« Allgemeines Murren, auf das sie nicht weiter einging. »Schöne Ferien wünsche ich euch, ein gesegnetes Weihnachtsfest und dass wir uns am fünften Januar alle gesund und munter wiedersehen. Kommt gut rüber ins neue Jahr und grüßt eure Eltern von mir.«

»Machen wir.«

»Danke, Ihnen auch.«

»Endlich Ferien, cool!«

Manon und Sophie, die sich eine Bank teilten, steckten die Köpfe zusammen und kicherten über Fabien in der Reihe vor ihnen. Er hatte eine Dose

Cola aufgemacht, die mit einem Zischen übergelaufen war und sich über sein Mäppchen ergossen hatte. Die Stifte schwammen nun in brauner Brausesoße, während Fabien fluchend an der Dose und seinen Fingern leckte. Sein Banknachbar reichte ihm ein Taschentuch, mit dem er den Schaden zu begrenzen versuchte.

Lautstark verabschiedeten sich die Kinder voneinander und stürmten nach draußen. Als Manon am Pult vorbeikam, streckte sie der Mathelehrerin eine Tüte hin.

»Schöne Grüße von meiner Oma soll ich Ihnen sagen.« Schüchtern deutete sie auf das Zellophantütchen mit *nonettes* in ihrer Hand. »Die soll ich Ihnen geben. Frohe Weihnachten.«

Gerührt nahm Madame Ferrand das Präsent entgegen und legte ihr die Hand auf die Schulter. Manon sog den Duft nach Veilchen und Zitrone ein, der sie sofort wieder an ihre *maman* erinnerte. Er machte sie froh und traurig zugleich.

»Dir und deiner Großmutter auch ein schönes Fest. Sag ihr vielen Dank.«

»Gerne.«

Froh, der peinlichen Situation entkommen zu können, lief Manon hinter Sophie in den weihnachtlich geschmückten Flur, wo ihre Jacken hingen. Hoffentlich hatte außer ihrer Freundin niemand mitbekommen, dass sie ihrer Lehrerin etwas zu Weihnachten geschenkt hatte. Sonst hieß es noch, sie schleimte sich ein. Manon hatte sich erst geweigert, die Süßigkeiten zu überreichen, aber *mamie* hatte darauf bestanden. Sie kapierte nicht, dass so etwas in der vierten Klasse mehr als uncool war.

Vor dem Schulhof warteten bereits Sophies Eltern, um mit ihrer Tochter auf den Weihnachtsmarkt zu gehen. Das machten sie jedes Jahr, seit Sophie in die Schule gekommen war. Manons Freundin freute sich schon seit Tagen darauf, mit dem Riesenrad zu fahren und *amandes grillées* zu essen. Gebrannte Mandeln mochte auch Manon sehr gerne, vor allem die von Großmama Joséphine, die außer Zimt auch eine Messerspitze Kardamom darüberstreute, kurz bevor der Zucker karamellisierte. Ihre Großmutter hatte eben für alles ein besonderes Rezept.

Die beiden Mädchen verabschiedeten sich voneinander, und Manon gab Sophies Eltern die Hand, um ihnen ein schönes Fest zu wünschen.

Monsieur Millet sah seine Frau kurz an, dann sagte er: »Was ist, willst du uns nicht begleiten?«

»Au ja!«, rief Sophie. »Dann können wir zusammen Riesenrad fahren. Du darfst auch neben mir sitzen.«

Nur zu gerne hätte auch Manon laut »Au ja!« gerufen. Die Eltern ihrer Freundin waren so, wie sie sich ihre eigenen immer vorstellte: warmherzig, lustig und liebevoll. Aber es ging nicht, *mamie* wartete sicher schon auf sie. »Nein, danke, ich muss nach Hause«, erwiderte sie.

»Ach komm, ich rufe deine Oma an und frage, ob wir dich mitnehmen dürfen. Damit sie sich keine Sorgen macht, bringe ich dich hinterher auch bis vor die Haustür«, sagte Sophies Vater und zog sein Handy hervor.

Manon traute sich nicht zu widersprechen und sagte ihm die Telefonnummer. Insgeheim freute sie sich und hoffte, dass *mamie* zustimmte.

Ihre Großmutter hatte tatsächlich nichts dagegen, und die beiden Mädchen liefen jubelnd zum Auto voraus.

Auf der Fahrt in Richtung *marché de Noël* tuschelten die Freundinnen miteinander und zeigten sich die lustigsten Youtube-Videos auf dem iPad. Es gehörte Sophies Papa, der Physiker und total technikbegeistert war. Die Millets hatten immer die neuesten Geräte im Haus. Glück für Sophie, die bereits ein eigenes Handy besaß, das ihre Mutter nicht mehr brauchte. Sie hatte Manon versprochen, es ihr zu schenken, sobald sie ein neues bekam – vielleicht schon an Weihnachten. Dann musste sie nur noch *mamie* überzeugen, ihr einen Prepaidvertrag zu besorgen. Keine leichte Aufgabe …

Als sie auf die Place de la République zusteuerten, war das vierzig Meter hohe Riesenrad, das die vielen bunten Buden überragte, schon von Weitem zu sehen. Freitags öffnete der Weihnachtsmarkt bereits um elf die Pforten, und die Gondeln an dem mit Glühbirnen geschmückten Stahlgerüst drehten gemächlich ihre Runden.

Sophie stieß ihre Freundin in die Seite und deutete aus dem Fenster. »Da oben sitzen wir gleich und können den Leuten unten auf den Kopf spucken.« Sie kicherte.

Das trauten sie sich am Ende dann doch nicht, aber weil es ihnen so großen Spaß machte, durften sie gleich zweimal mitfahren, und danach bekam jede noch eine Riesentüte Mandeln spendiert. Manon aß sie im Gegensatz zu ihrer Freundin nicht auf, da sie Großmama Joséphine welche mitbringen wollte. Gegen halb vier lieferte Monsieur Millet das Mädchen wie versprochen in der Rue Liegeard ab.

*Mamie* freute sich tatsächlich sehr über das Mitbringsel, auch wenn die Mandeln kalt nicht mehr ganz so lecker schmeckten wie frisch vom Stand. Da Sophies Eltern partout kein Geld annehmen wollten, gab sie ihnen noch eine Packung mit dreierlei Honigkuchen mit.

»Die haben wir heute früh erst gebacken, sie sind noch sehr weich. Wenn Sie sie kühl und trocken lagern, sind sie an Weihnachten genau richtig«, sagte sie und bedankte sich noch einmal.

Anschließend kehrte sie in die Backstube zurück,

in der die drei Aushilfen alle Hände voll zu tun hatten.

»Ich will nur schnell Monsieur Lapin Hallo sagen, dann komme ich runter und helfe mit«, sagte Manon und rannte auch schon die Treppe hinauf.

Danach band sie sich ihre Schürze um, die voller Kakaoflecken war, half tatkräftig mit und glasierte die Früchtebrote, die Julie in allen erdenklichen Formen gebacken hatte. Es gab Herzen, Kringel, runde und längliche Brotlaibe, Weihnachtsmänner, Stiefel und Sterne mit kandierten Aprikosen, Kirschen und Orangen. Am schönsten fand Manon die Weihnachtsbäume, deren Konturen sie zum Schluss mit Zuckerguss aus der Spritztülle nachfuhr. Auf die Zweige setzte sie noch ein paar größere Kleckse, die aussahen wie Christbaumkugeln, dann kamen sie zum Trocknen auf ein langes Holzbrett.

Gegen sieben Uhr abends holten sie die letzte Fuhre *pain d'épices* aus dem Ofen und stellten sie zum Abkühlen in eines der Eisenregale. Nachdem sie aufgeräumt hatten, durften die Aushilfen gehen. Julie, die wohl ein schlechtes Gewissen hatte, weil sie so lange krank gewesen war, bot mehrfach an, länger zu bleiben, doch *mamie* schickte sie alle nach Hause. Den Rest würde sie alleine schaffen, jetzt wollten sie erst einmal zu Abend essen.

Während ihre Großmutter in der Küche hantierte, ging Manon in die Ferienwohnung von Xavier und

Ella, um Anton zu füttern. Die beiden waren bei seinen Eltern eingeladen und hatten das Mädchen gebeten, sich um den Kater zu kümmern. Das mussten sie natürlich nicht zweimal sagen.

Anton maunzte protestierend, als sie zur Tür hereinkam, und machte ihr unmissverständlich klar, dass er kurz vorm Verhungern stand. Sie freute sich, als er sich auf den Napf stürzte und die Portion vertilgte, als hätte er einen eingebauten Staubsauger, der auf Turbomodus geschaltet war. Nachdem sie das Wasser gewechselt und die Schale mit dem Trockenfutter aufgefüllt hatte, ließ sie den schmatzenden Kater alleine.

Nach dem Essen wollte *mamie* wieder runter in die Backstube, um ein paar Vorbereitungen für den nächsten Tag zu treffen.

»Mach du dich schon mal bettfertig und lies ein bisschen in deinem Buch. Ich komme dann so gegen neun zum Gutenachtsagen, ja?«

Manon nickte und ging ins Bad. Danach holte sie Monsieur Lapin aus seinem Käfig, damit sie nicht so alleine war, und machte es sich mit ihm im Schein der alten Stehlampe auf dem Sofa im Wohnzimmer bequem. Während das Kaninchen an seiner Karotte knabberte, las sie ein weiteres Kapitel in ihrem Buch.

Zwei Kissen unter dem Kopf und Monsieur Lapin auf dem Bauch lag sie da und versank in die spannende Geschichte um die Suche nach einem gestohlenen Kalbstein.

Das Kaninchen, offenbar fertig mit seinem Gutenachtsnack, hoppelte auf ihr umher und schnupperte an ihrer Halsbeuge, was wie verrückt kitzelte.

»Monsieur, lass das«, sagte Manon und suchte mit dem Zeigefinger die Stelle, an der sie gerade den Faden verloren hatte.

Kaum hatte sie die Zeile gefunden, hörte sie Türenknallen und lautes Geschrei von unten. Es waren eindeutig Männerstimmen, dazwischen die ihrer Großmutter. Manon schreckte hoch, ließ das Buch fallen und stieß Monsieur Lapin dabei aus Versehen von der Couch. Was war da los? Das klang nach einem Riesenstreit. Und, vor allem, wer konnte das sein?

Barfuß und im Schlafanzug rannte sie ins Treppenhaus und beugte sich über das Geländer. Zu sehen war nichts, dafür hörte sie einige Wortfetzen.

»… mache ich niemals!«

»Wehe, wenn …«

»… Familientradition heilig …«

*Mamie* klang eher aufgebracht als ängstlich. Es folgte Gepolter, als gäbe es eine Rangelei, dann fiel die Tür ins Schloss. Manon spurtete los und wäre fast die Treppe hinuntergefallen.

Unten angekommen riss sie die Haustür auf und sah gerade noch, wie Großmama Joséphine im Fond eines Autos verschwand und hinter ihr ein Mann einstieg, während ein zweiter sich hinters Steuer setzte. Ehe sie reagieren konnte, gab der Fahrer Gas und der Wagen brauste davon.

Manon lief auf die Straße. Der kalte Schnee schmerzte unter ihren nackten Fußsohlen, doch sie merkte es kaum. Mit offenem Mund stand sie da und beobachtete, wie die Bremslichter des Wagens aufleuchten, bevor er um die Ecke bog und verschwand.

Kein Mensch außer ihr war zu sehen, die Straße lag verlassen da.

»Hilfe!«, rief sie, doch das Wort kam ihr so leise über die Lippen, dass niemand es hören konnte.

Panisch rannte das Mädchen zurück ins Haus, warf die Tür zu und lehnte sich mit dem Rücken dagegen. Langsam sank sie auf den Boden, schlang die Arme um die Knie und brach in Tränen aus.

Manon stand unter Schock. Sie konnte weder denken noch irgendetwas tun. Minutenlang saß sie reglos da und starrte ins Leere. Erst als Anton die Treppe herunterkam, um sie herumstrich und ihr die Füße abschleckte, kam wieder Leben in sie.

Sie nahm den Kater auf den Arm und fing herzzerreißend an zu schluchzen, während Anton schnurrend seinen Kopf an ihr rieb. Warum war *mamie* so spät noch weggefahren, noch dazu, ohne ihr Bescheid zu sagen? War etwas Schlimmes passiert? Warum hatten die Erwachsenen gestritten? War *mamie* freiwillig mitgegangen? Und vor allem: Wann kam sie wieder?

Irgendwann stand Manon auf und ging mit dem Kater nach oben, wo Monsieur Lapin auf ihrem Buch saß und eine Ecke anknabberte.

»He, lass das!«

Sie schubste das Kaninchen weg und legte den Roman zurück aufs Sofa. Dann kuschelte sie sich in die Decke und beschloss zu warten. Irgendwann mussten Ella und Xavier nach Hause kommen, die wussten bestimmt Rat. Wenn sie doch nur schon da wären. Hoffentlich hörte sie die beiden kommen.

»Ihr braucht keine Angst zu haben«, sagte Manon mehr zu sich selbst als zu den beiden Tieren. »Alles wird gut.«

Sosehr sie die Augen auch zusammenkniff, sie konnte nicht verhindern, dass ihr erneut dicke Tränen über die Wangen kullerten.

Aus der Ferne beobachtete Xavier, wie Ella sich lebhaft mit Claire und seinem Chef unterhielt und dabei ihr Dessert löffelte. Sie sah wunderschön aus in dem schlichten, knielangen blauen Kleid, das ihre schlanke Figur umschmeichelte, und mit den hochgesteckten Haaren. Als sie lächelte, während Hervés

Freundin den beiden mit ausladenden Gesten etwas erzählte, verspürte Xavier einen kleinen Stich in der Magengrube. Keinen unangenehmen, sondern eher wie beim Achterbahnfahren, unmittelbar bevor die Waggons in die Tiefe stürzen. Er hätte stundenlang dastehen und in Ellas Lächeln versinken können.

»Na, Kumpel, alles klar?« Hervé, zwei frisch gefüllte Weingläser in der Hand, riss ihn aus seinen Gedanken. »Das sind mal zwei scharfe Hasen, die wir uns da angelacht haben, was? Die Kollegen verrenken sich schon den ganzen Abend den Hals nach den beiden.« Seine Stimme klang heiser. Er räusperte sich, trank schnell einen großen Schluck und hielt Xavier das andere Glas hin.

Der nickte nur und zwinkerte Ella zu, die genau in dem Moment zu ihnen herübersah. Wenn sie den Spruch gehört hätte, würde sie nicht mehr so gechillt hier sitzen, aber da bestand zum Glück keine Gefahr. Der Lärmpegel in dem mit über dreihundertfünfzig Gästen bis auf den letzten Platz besetzten Bankettsaal mit dem Gewölbe aus unverputztem Stein war extrem hoch. Die kunstvoll gewebten Wandteppiche aus dem siebzehnten und achtzehnten Jahrhundert dämpften die Geräusche kaum, und man musste schreien, wenn man sich unterhalten wollte.

Gemeinsam mit Hervé und seiner neuen Flamme, die nicht nur die angekündigte Bombenfigur hatte, sondern auch sehr sympathisch war, hatten sie im berühmten Hôtel-Dieu diniert wie einst Kanzler Nicolas Rolin, der Gründer des 1443 erbauten Hospizes. Die lokale Winzergenossenschaft hatte sich nicht lumpen lassen und für einen exklusiven Kundenkreis ein Sieben-Gänge-Menü aufgefahren, bei dem keine Wünsche offenblieben – selbstverständlich mit entsprechender Weinbegleitung. Vorab hatten die überwiegend chinesischen, amerikanischen, britischen und deutschen Gäste eine exklusive Führung durch das ehemalige Krankenhaus und Altenheim erhalten, in dem sich inzwischen ein Museum befand.

Ella war nicht begeistert gewesen, als Monsieur Giroud angerufen hatte. Xavier sollte für einen kranken Kollegen einspringen, um einen wichtigen Kunden aus den USA zu betreuen, und hatte sie spontan mit auf die Gästeliste setzen lassen. Am Ende hatte sie eingewilligt, da die Veranstaltung für sie eine hervorragende Gelegenheit war, wichtige Kontakte für ihren neuen Job zu knüpfen. Abgesehen davon, dass sie mit gutem Essen immer zu ködern war – was sie mit Anton gemeinsam hatte –, hatte sie sich schon während der Weinauktion im November in das Anwesen im burgundisch-flämischen Stil verliebt, das als Juwel der mittelalterlichen hiesigen Architektur galt.

Völlig zu Recht, wie Xavier fand. Die Fassade zur Place de la Halle wirkte nüchtern und abweisend, doch im Innenhof mit dem achteckigen Ziehbrunnen bot sich dem Betrachter eine Märchenkulisse dar. Der umlaufende Fachwerkbalkon auf den schlanken Säulen war ebenso beeindruckend wie die steilen Dachgauben mit den Wetterfahnen und das mit glasierten Terrakottaziegeln in Gelb, Schwarz und Grün gedeckte Dach mit seinen markanten geometrischen Mustern.

Ella stand auf und kam leicht schwankend auf ihn zu. »Willst du noch lange bleiben? Ich bin ein bisschen betrunken und hundemüde.«

Er sah auf die Uhr, Viertel nach elf. Monsieur Giroud hatte darum gebeten, dass er nicht vor dem Kunden ging, für den er zuständig war. »Ich muss noch mal zu den Millers an den Tisch. Wenn du magst, komm doch mit. Vielleicht überträgt sich deine Müdigkeit ja auf sie.«

Sie willigte ein, sein Plan ging auf, und eine knappe halbe Stunde später standen sie in dem zugigen Durchgang zur Place de la Halle, wo sie sich von Hervé und Claire verabschiedeten.

»Oh Mann, ihr Langweiler. Die Party geht doch nach zwölf erst richtig los. Wollt ihr wirklich schon nach Hause? Ich fasse es nicht.« Hervé musterte Xavier, an dem Ella sich festhielt, als würde er ihn nicht wiedererkennen.

Claire warf den beiden einen neidischen Blick zu, man sah ihr an, dass sie ebenfalls genug hatte und nicht sonderlich wild auf die Party war. »Also ich hätte auch nichts dagegen, wenn …«

»Schon mal was von *yolo* gehört, *chérie*? Zu Hause sterben die meisten Leute. Schlaft gut.« Damit zog er sie mit sich, und die beiden verschwanden durch die massive Holztür.

Ella sah den beiden nach und wandte sich dann zu Xavier um. »Ich glaube, ich habe mich für den Richtigen entschieden.«

Mit gespielter Empörung rief er: »Was? Musstest du etwa überlegen?«

»Nein, keine Sekunde.«

Durch den frisch gefallenen Schnee stapften sie zum Auto, das Xavier erst freikratzen musste, und während der etwa vierzigminütigen Fahrt nach Dijon schlief Ella ein.

Kurz vor der Rue Liegeard weckte er sie, um sie aussteigen zu lassen, aber sie wollte nicht. Eng umschlungen schlenderten sie vom Parkplatz auf das Haus mit der Bäckerei zu, und Xavier wunderte sich, dass im Treppenhaus noch Licht brannte. Mittlerweile war es nach eins.

Vor der Tür zur Ferienwohnung im zweiten Stock kauerte Manon, in eine Decke gehüllt und Monsieur Lapin auf dem Schoß, sie schlief. Zu ihren Füßen hatte sich Anton zusammengerollt, der nun aufsprang und mit erhobenem Schwanz auf Ella und Xavier zukam.

»Was ist denn hier los?«, fragte Xavier, dem der Kater maunzend um die Beine strich.

Das Mädchen wachte auf, sah ihn und Ella aus großen Augen an und fing an zu weinen. Er hob sie auf den Arm, streichelte ihr immer wieder über den Kopf, während Ella das Kaninchen nahm.

»Manon, was ist passiert?«, fragte sie.

Schluchzend fing die Kleine an zu stammeln, doch es war kein Wort zu verstehen.

Sie brachten Manon nach drinnen, und Ella setzte sich mit ihr aufs Sofa. Monsieur Lapin und Anton drückten sich beide an das Mädchen, als wollten sie es trösten.

»Bleib du hier bei ihr, ich sehe kurz unten nach dem Rechten.«

Xavier sprintete die Treppe hinunter, fest davon überzeugt, dass Madame Bernard ohnmächtig oder verletzt in der Backstube lag. Doch die Bäckerei war verlassen, und auch in der Wohnung der alten Dame entdeckte er keinerlei Hinweise auf etwas Ungewöhnliches. Er lief wieder nach oben, wo Ella inzwischen eine Tasse Kakao gekocht hatte und Manon die Tränen abwischte.

»So, jetzt noch mal von vorne«, sagte Xavier und setzte sich zu den beiden. »Wieso bist du alleine? Geht es deiner Oma gut? Wo ist sie? Im Krankenhaus? Hatte sie vielleicht einen Herzinfarkt?«, ratterte er seine Fragen herunter.

»He, Moment mal«, unterbrach Ella ihn. »Wie soll sie denn darauf antworten?« Sie beugte sich zu Manon. »Also, das Wichtigste zuerst: Geht es deiner Oma gut?«

Die Kleine zog die Nase hoch. »Weiß nicht.«

»Wo ist sie?«

Schulterzucken.

»Kannst du uns denn sagen, was passiert ist?«

Ein zaghaftes Nicken, dann: »Da waren zwei Männer, die haben mit Oma Josi fürchterlich gestritten.« Mit Piepsstimme erzählte Manon den beiden, was sie mitbekommen hatte. »Ich weiß nicht, wo sie hingefahren sind, aber sie müsste längst wieder da sein. Es ist doch schon so spät. Man darf um die Uhrzeit nicht mehr auf die Straße gehen, das ist gefährlich«, wiederholte sie, was sie vermutlich oft schon gehört hatte. Erneut fing sie bitterlich an zu weinen.

Ella sah Xavier an. »Was sollen wir jetzt tun?«

»Na ja, es klingt doch, als hätte Madame Bernard die beiden Männer gekannt und wäre freiwillig mitgefahren, oder?« Er sah Manon an, die nickte. »Und du hast niemanden erkannt?

»Nein. Ich habe sie nur kurz von hinten gesehen.«

»Dieser finstere Anwalt von neulich kann es nicht gewesen sein?«

Manon schüttelte den Kopf. »Die beiden waren nicht so dick und viel jünger.«

»Seltsam«, sagte Ella.

Xavier überlegte. »Was haltet ihr davon, wenn wir jetzt erst einmal schlafen gehen und morgen weitersehen? Vielleicht kommt deine *mamie* ja bald nach Hause, und es gibt eine ganz simple Erklärung, warum sie so lange unterwegs war. Ich würde nicht gleich den Teufel an die Wand malen.«

Tapfer nickte das Mädchen und drückte Monsieur Lapin an sich, der völlig unbeeindruckt vor sich hin mümmelte. »Aber ich hab Angst alleine.«

Ella nahm sie in den Arm. »Kein Problem, du schläfst heute Nacht bei uns auf dem Sofa. Monsieur Lapin und Anton leisten dir sicher gerne Gesellschaft, dann musst du dich nicht fürchten. Und wenn doch, dann kommst du einfach zu uns rüber, ja?«

Ein letztes Schniefen. »Okay.«

Als sie kurz darauf alle im Bett lagen, fand Xavier keinen Schlaf. Ella neben ihm atmete ruhig und gleichmäßig, offenbar hatte der Wein sein Übriges getan, denn sie war weg gewesen, kaum dass ihr Kopf das Kissen berührt hatte.

Zwar hatte er selbst gesagt, dass sie nicht vom Schlimmsten ausgehen sollten, aber nun ließ ihm die seltsame Situation keine Ruhe. Ob es doch besser gewesen wäre, die Polizei zu rufen?, überlegte er. Bloß was hätten sie denen erzählen sollen?

Dass Madame Bernard ihre Enkelin einfach so über Nacht alleine ließ, konnte er sich beim besten Willen nicht vorstellen, so pflichtbewusst und fürsorglich, wie sie war. Ob jemand in der Familie erkrankt war? Oder hatte es doch etwas mit diesem Anwalt und seiner Drohung zu tun?

Irgendwann übermannte auch ihn die Müdigkeit, und er konnte keinen klaren Gedanken mehr fassen, er drehte sich auf die Seite, legte den Arm um Ella und schloss die Augen.

Am nächsten Morgen wachte er auf, weil Manon vor ihrem Bett stand, Anton auf dem Arm.

»Gehst du mit mir meine *mamie* suchen?«, fragte sie.

Grenzenloser Optimist, der er war, antwortete Xavier: »Vielleicht ist sie ja längst wieder da. Sollen wir zusammen nachsehen?«

Leise gingen sie hinaus, um Ella nicht aufzuwecken, und schlichen die Treppe hinunter. Es war alles so wie am Vorabend. Als sie merkte, dass ihre Großmutter noch nicht zurückgekehrt war, kämpfte Manon erneut mit den Tränen.

»Hast du denn gestern nicht bei den Nachbarn geklingelt?«, hakte Xavier nach.

Das Mädchen schüttelte den Kopf.

»Oder wen angerufen? Gibt es jemanden, der uns weiterhelfen könnte?«

Sie überlegte. »Sophies Papa vielleicht. Das ist der schlauste Mensch, den ich kenne. Er ist Physiker, weißt du? Er hat für alles eine Lösung«, sagte sie ernst und flüsterte dann: »Ich will meine *mamie* zurück.«

»Was ist mit deinem Onkel, den du mit Ella in Beaune beim Weihnachtsmann getroffen hast?«, erwiderte Xavier. Er wollte Monsieur Millet nicht in die Angelegenheit hineinziehen.

Manons Miene hellte sich auf. »Ja klar, Onkel Michel und Tante Audrey!«, rief sie, wurde jedoch sofort wieder traurig. »Obwohl … das ist, glaub ich, keine gute Idee. Oma Josi und Onkel Michel sind böse aufeinander.«

»Oh, warum denn?«, fragte Xavier überrascht.

»Das weiß ich nicht, aber sie wäre bestimmt sauer, wenn sie erfährt, dass wir ihn anrufen.«

Er straffte die Schultern. »Weißt du, was? Das ist mir egal. Wenn sie mit dir schimpft, kannst du es gerne auf mich schieben. Mir ist das hier alles zu unheimlich. Wir rufen jetzt deinen Onkel an, und dann soll er entscheiden, wie es weitergeht.«

Das Telefonat mit Michel Bernard dauerte nicht lange, und keine zehn Minuten später stand Manons besorgter Onkel vor der Tür. Die Kleine stürzte in seine Arme, es war deutlich zu spüren, wie vertraut die beiden waren und wie wohl Manon sich bei ihm fühlte. Xavier wurde warm ums Herz.

Michel Bernard ließ das Mädchen los und wandte sich ihm zu. »Danke, dass Sie mich angerufen haben. Wenn Sie einverstanden sind, würde ich Manon vorerst mit zu uns nehmen. Meine Frau wird sich um sie kümmern.«

»Au ja!« Manons Begeisterung war groß, von Angst und Sorgen keine Spur mehr. »Darf ich dann bei Léa und Lily im Zimmer schlafen?« Der Augenaufschlag, mit dem sie ihren Onkel bedachte, machte sogar Antons Profi-Bettelblick Konkurrenz.

Xavier erwiderte: »Das ist sehr nett von Ihnen, aber meinen Sie nicht, Ihre Mutter kommt heute im Laufe des Tages wieder?«

Sein Gegenüber stutzte. »Soll ich das Kind denn so lange bei Ihnen lassen? Sie sind hier immerhin Gast.«

»Vielleicht sollten wir doch lieber die Polizei rufen«, sagte Xavier, ohne dabei an Manon zu denken.

Prompt erschrak sie, ihre gute Stimmung war wie weggeblasen, sie riss ängstlich die Augen auf. »Wieso Polizei? Was ist mit Oma Josi?«

Monsieur Bernard warf ihm einen warnenden und zugleich wütenden Blick zu, so als würde Xavier das Seelenheil des Mädchens gefährden. Dann streichelte er Manon beruhigend über die Wange und sagte: »Nein, nein, die brauchen wir nicht. Du kommst jetzt mit, und dann überlegen wir in Ruhe, wo *mamie* sein könnte.« An Xavier gewandt fügte er deutlich kühler hinzu: »Besten Dank, wir hören voneinander.« Damit nahm er seine Nichte an der Hand und steuerte mit ihr auf den Ausgang zu.

Manon blieb so ruckartig stehen, dass er fast gestolpert wäre. »Halt. Was ist mit Monsieur Lapin? Der muss mit.«

»Schätzchen, das geht nicht…«, begann der Onkel.

Trotzig schob Manon die Unterlippe vor. »Wenn er nicht mitdarf, bleibe ich auch hier.«

Xavier lächelte ihr aufmunternd zu. »Kein Problem, wir kümmern uns schon um den Kleinen«, sagte er, ehe er darüber nachdenken konnte, und verabschiedete sich.

Oben kam ihm Ella im Flur entgegen, und er erzählte ihr von dem Besuch des Onkels.

»Meinst du, es war richtig, Manon mit ihm gehen zu lassen?«, fragte sie kritisch. »Wir kennen den Mann doch gar nicht.«

Xavier seufzte. »Die beiden haben ein sehr enges Verhältnis, er war sehr liebevoll zu seiner Nichte.«

»Irgendwie hab ich kein gutes Gefühl bei der ganzen Sache. Was, wenn Madame Bernard heimkommt und uns die Hölle heißmacht, weil wir Manon nicht dabehalten haben?«

Er hob abwehrend die Hände. »Sind wir mit ihr verwandt oder Monsieur Bernard? Das wird schon passen.« Die Sache mit dem Streit verschwieg er lieber, denn so sicher, wie er vorgab, war er nicht. »Sag mir lieber, was wir tun sollen, wenn sie nicht heimkommt. Dann müssen wir zur Polizei.«

Ella stöhnte. »Irgendwie sind wir da in einen schönen Schlamassel reingeraten, was?« Sie wartete seine Antwort gar nicht erst ab. »Willst du vorab noch mal meine Belastbarkeit testen, oder warum hast du diesen Abenteuerurlaub hier für uns gebucht?«

»Ja, es kommt einem echt so vor«, erwiderte Xavier, trat hinter sie und schob die Hände unter ihr Pyjamaoberteil. »Ich habe es mir auch romantischer vorgestellt.«

Ella umfasste seine Hände und hielt sie fest. »Na ja, bei deinen Eltern wäre es sicher nicht so anstrengend geworden.«

»Da kennst du meine Mutter schlecht!«, rief Xavier.

»Mag sein, aber im Hotel Mama wäre jetzt bestimmt das Frühstück fertig«, sagte Ella mit einem Blick auf den leeren Esstisch.

Wie aufs Stichwort meldete auch Anton lautstark Hunger an und vollführte einen Tanz um seinen Futternapf.

Xavier konnte sich ein Grinsen nicht verkneifen. »Okay, ihr beiden Fressmonster, ich kümmere mich darum. Geh du ruhig duschen, ich haue Anton eine Portion Lachs in die Schüssel und kredenze der Prinzessin auf der Erbse ein Frühstück. Zufrieden?«

Der Kuss, mit dem Ella sich ins Bad verabschiedete, war Antwort genug.

Als sie im Jogginganzug und mit einem Turban auf

dem Kopf wieder herauskam, stellte Xavier in der Küche gerade die Gasflamme aus. Er hatte einen Viertelliter Rotwein zusammen mit zwei Schnapsgläsern Cassis, Nelken, Zimtstangen und Zucker erhitzt und seihte das Getränk gerade durch ein Sieb.

»Hm, wonach riecht es denn hier so gut? Ist das Johannisbeerlikör?«, fragte Ella und sah einfach nur verführerisch aus.

Xavier musste sich konzentrieren, um nichts danebenzuschütten. »Das ist ein echter *Grog Bourguignon au Cassis*«, erklärte er. »Das gehört für die Leute hier in der Region in der Vorweihnachtszeit einfach dazu. Sehr lecker, sag ich dir, und aus deinem Lieblingswein gemacht.«

»Wein zum Frühstück? Wow, womit hab ich das verdient?«

»Ich glaub, ich muss dir was beichten«, sagte Xavier und schenkte den Glühwein in zwei vorgewärmte Tassen.

Mit gespielter Empörung stemmte Ella die Hände in die Hüften. »Hast du etwa mein Ei zu lange gekocht?«

»Schlimmer.« Es klang ehrlich zerknirscht. »Ich glaub, ich hab mir Anton zum Feind gemacht.« Konzentriert schnitt er zwei Schnitze von einer Zitrone ab, wälzte sie in gemahlenem Zimt und gab sie in die Gläser.

»Wie das denn? Hast du ihm was aus dem Napf geklaut? Oder… Er lebt doch hoffentlich noch? Wo ist er überhaupt?«

»Er hat sich ins Wohnzimmer verzogen, dabei habe ich ihn bloß weggefaucht.«

»Weggefaucht?« Mit skeptischem Blick nahm Ella das Handtuch vom Kopf und schüttelte die nassen Haare. »Geht's dir gut?«

»Na ja, er hatte eine Spinne in der Mangel und war gerade dabei, ihr die Beine auszureißen. Eins lag schon da. Er hat sie ständig ins Maul genommen und wieder ausgespuckt. Da hab ich ihn verscheucht und die Spinne gerettet. Du hättest mal seinen Blick sehen sollen.«

Ella lachte. »Den kann ich mir lebhaft vorstellen. Für Verräter hat er extra einen besonders finsteren reserviert.«

»Meinst du, jetzt ist es aus mit unserer Männerfreundschaft?«, fragte Xavier fast schüchtern.

»Quatsch!« Sie winkte ab. »Wahre Freunde kann so schnell nichts trennen. Und falls doch: Gib ihm eine von Madame Bernards Pasteten, und ihr seid wieder so.« Sie kreuzte Zeige- und Mittelfinger.

Die beiden wollten sich gerade setzen und anfangen zu frühstücken, da läutete es. Madame Bernard?, war Xaviers erster Gedanke, als er nach unten zur Haustür lief. Aber die musste doch in ihrem eigenen Haus nicht klingeln.

Als er öffnete, stand Michel Bernard vor ihm.

»Entschuldigung, aber wir haben vorhin völlig vergessen, ein paar Sachen für Manon mitzunehmen«, sagte er und ging an Xavier vorbei in die Wohnung seiner Mutter. Er schien es eilig zu haben.

Kurz darauf trat er mit einem Kinderkoffer und einer kleinen Kulturtasche wieder in den Flur, wo Xavier noch immer stand und nicht genau wusste, was er tun oder sagen sollte. Michel Bernard lief noch einmal zurück, um das Bettzeug seiner Nichte zu holen. Da kam Ella die Treppe herunter, hinter ihr Anton, der sich das Spektakel offenbar nicht entgehen lassen wollte. Der Kater fand den Besucher ausgesprochen interessant und schnüffelte ihn ausgiebig ab, was Monsieur Bernard sichtlich unangenehm war.

»Anton, lass das!«, wies Ella den Kater zurecht, der mit einem gekränkten Blick gehorchte und sich verzog.

»Wie geht es Manon?«, fragte sie dann.

»Danke, gut«, erwiderte der Onkel und öffnete die Haustür. »Passt schon«, wehrte er ab, als Xavier ihm beim Tragen helfen wollte. »Wir bleiben in Kontakt«, sagte er noch und ging mit der ersten Fuhre zum Wagen, den er direkt vor der Bäckerei im Halteverbot geparkt hatte.

»Ja, tun wir«, sagte Xavier. Dann wandte er sich an Ella: »Lass uns raufgehen.«

Sie folgte ihm fast widerwillig, und als kurz darauf

die Haustür ins Schloss fiel, sagte sie: »Irgendwas ist mit dem Typ faul.«

Xavier wandte sich zu ihr um. »Ach was, das bildest du dir bloß ein. Manons Onkel ist doch wirklich nett, und sie mag ihn. Komm jetzt, ich habe Hunger. Anton sitzt bestimmt schon oben auf dem Tisch und futtert sich durch unser Frühstück.«

# 7

Was für ein Tag! Anton gähnte und streckte alle vier Tatzen von sich, als ihn ein Sonnenstrahl in der Nase kitzelte und aus seinem Dämmerschlaf weckte. Obwohl inzwischen früher Nachmittag sein musste, war er noch immer müder als ein Bernhardiner. Und die ruhen sich bekanntlich gefühlte dreiundzwanzig Stunden am Tag aus. Kein Wunder, er hatte ja auch eine anstrengende Nacht hinter sich.

Ella war bis zum Morgengrauen alle zwei Stunden aufgestanden und durch die Wohnung gelaufen, hatte den Fernseher eingeschaltet und x-mal den Kühlschrank auf und zu gemacht. Selbstverständlich hatte Anton dann jedes Mal in der Hoffnung auf einen spontanen Snack in der Küche mit Anwesenheit geglänzt – leider vergeblich. Der ungewohnte Aktionismus zu nachtschlafender Zeit hatte ihn nicht nur hungrig gemacht, sondern auch völlig aus dem Rhythmus gebracht. Zum Glück hatte sie Manon nicht aufgeweckt. Er würde heute mehr als ein Tagesnickerchen brauchen, um das Defizit aufzuholen.

Das war wichtig für seine Work-Life-Balance. Nachts umhertigern und blitzschnell von Schlaf- auf Fressmodus umschalten war Schwerstarbeit.

Vermutlich machte Ella sich Sorgen um Madame Bernard, was der Kater durchaus nachvollziehen konnte. Gar nicht nachvollziehen konnte er hingegen, wie man nicht schlafen konnte, nur weil man sich sorgte. Das war wieder mal so ein unnötig kompliziertes Zweibeinerding, das er nie verstehen würde. Zweibeiner waren ständig unnötig kompliziert. Schlafen dagegen war ganz einfach: Man legte sich hin, im Idealfall auf eine weiche Unterlage, wobei zur Not auch eine PC-Tastatur oder ein Bücherstapel ging, machte die Augen zu und schlief. Wo war das Problem?

Sorgen gingen nicht weg, indem man nachts sinnlos durch die Gegend lief und anderen falsche Hoffnungen auf Futteraufnahme machte, sondern indem man etwas unternahm. So wie er.

Wider Erwarten hatte sein Tatendrang bisher nicht zum Erfolg geführt, sondern nur in den Fußraum unter dem Beifahrersitz eines Autos. Dabei hatte alles so gut angefangen … Immerhin war die Fußmatte schön weich gepolstert und eignete sich bestens für ein Nickerchen. Nachdem er sich geschüttelt und ausgiebig geputzt hatte, waren seine Lebensgeister zurückgekehrt, er fühlte sich fit. Jetzt eine Dose Thunfisch und sein Glück wäre perfekt.

Leider war er vorhin nicht schnell genug gewesen, weshalb er nun mit knurrendem Magen in einem geparkten Wagen festsaß. Der Fahrer war so hektisch ausgestiegen und hatte die Tür zugeknallt, dass Anton keine Chance gehabt hatte, sein Versteck zu verlassen. Da Katzen grundsätzlich aus jeder Situation das Beste machen, hatte er erst einmal seine Energiespeicher aufgefüllt. Alles Weitere würde sich schon ergeben. Es war bestimmt nur eine Frage der Zeit, bis der Mann zurückkam. Und Zeit hatte Anton im Überfluss.

Um sich von dem nagenden Hungergefühl abzulenken, stolzierte der Kater über die Sitzpolster und schnüffelte ausgiebig daran. Er war zufrieden mit sich und sicher, dass er hier richtig war. Auf seinen Geruchssinn konnte er sich nämlich verlassen. Ella und Xavier würden Augen machen, so viel stand fest.

Es war gar nicht schwer gewesen, hinter dem Mann, der Manons Sachen mitgenommen hatte, aus dem Haus zu flitzen und ins Auto zu springen, während er das Gepäck auf der Rückbank und im Kofferraum verstaute. Anton hatte sofort gewusst, dass dieser Zweibeiner der Richtige war.

Hoffentlich hatten Ella und Xavier seine Abwesenheit noch nicht bemerkt, sonst machten sie sich wieder Sorgen. Und wie Zweibeiner mit Sorgen umgingen … Ach, das war nun wahrlich nicht sein Problem.

Der Kater hatte es sich gerade wieder auf der Fußmatte unter dem Sitz gemütlich gemacht und die Nase ins Fell geschoben, um ein bisschen zu dösen, da hörte er Schritte und spitzte die Ohren.

Die Fahrertür ging auf, jemand stieg ein und startete den Motor, ohne sich anzuschnallen. Anton schnupperte. Komisch. Er streckte sich, hob den Kopf und sog erneut den fremden Geruch ein. Nein, er hatte sich nicht geirrt. Nur wie konnte das sein?

Der Fahrer legte den Rückwärtsgang ein, wendete hektisch und fuhr so rasant los, dass Anton sich in den Teppich krallen musste, damit er nicht durch den Fußraum geschleudert wurde. Schon nach wenigen Metern war ihm schwindelig. In hohem Tempo ging es durch die Stadt, mal nach rechts, mal nach links, bis der Wagen eine längere Strecke geradeaus fuhr. Endlich wurde er langsamer, bog rechts ab und hielt nach ein paar Metern an. Erst ein Klicken, dann ein Surren: ein elektrisches Tor, das sich automatisch schloss, nachdem sie hindurchgefahren waren.

Kaum hatte der Mann geparkt, klingelte sein Telefon. Er ging ran, blaffte Befehle ins Mikrofon, sprang hinaus und lief zeternd davon, ohne die Tür zuzumachen. Selbst der Schlüssel steckte noch im Zündschloss.

Besser geht's nicht, dachte Anton, kroch unter dem Beifahrersitz hervor und schlüpfte nach draußen. Er kauerte sich unter die Vorderachse, um die Lage zu sondieren, und hielt die Nase in die Luft. Es roch so ähnlich wie in Madame Bernards Backstube, nur nicht so lecker. Und nicht nach Pastete.

Vor ihm erstreckte sich ein langes Gebäude ohne Fenster, dafür mit riesigen Rohren, deren schwarze Öffnungen ähnlich furchteinflößend aussahen wie das Maul einer Deutschen Dogge. Wer da hineingeriet, der war verloren. Daran hatte Anton keinen Zweifel. Der Parkplatz war leer, und auch sonst wirkte alles verlassen, bis auf ein paar Lkw-Anhänger vor den Rampen der Warenannahme. Seltsam, das Gelände sah gepflegt aus, nicht, als würde der Komplex schon länger leer stehen, aber produziert wurde hier momentan nichts.

Nachdem er nach allen Seiten gespäht hatte, wagte der Kater sich aus seinem Versteck und lief bis zu der Ligusterhecke, die den Parkplatz einsäumte. Zum Glück war der Schnee gefroren, sodass er keine Spuren hinterließ, die man bis zu dem Wagen hätte zurückverfolgen können. Er beschloss, das Gelände zu inspizieren, in der Hoffnung, etwas Interessantes zu entdecken – oder etwas zu essen. Sein Magen meldete sich wieder, augenblicklich verschlechterte sich seine Laune. Ob es hier Mäuse gab?

Schnuppernd lief er an der Hauswand entlang und bemerkte nach wenigen Metern tatsächlich einen Spalt, der aussah, als führte er zu einem Mauseloch. Auf jeden Fall roch es hier sehr verdächtig. In Lauerstellung bezog er vor dem Eingang Position und wartete. Die Minuten vergingen, doch nichts passierte. Nun ja, der Geruch war nicht allzu frisch, vermutlich war das Loch unbewohnt. Oder jemand war schneller gewesen als er. Jägerpech.

Da landete ein Vogel hinter ihm im Schnee, und Anton fuhr herum. Erschrocken flatterte die Amsel auf, doch sie konnte nicht richtig fliegen, weil ein Flügel verletzt war. Das war seine Chance! Im Sprung fuhr er die Krallen aus – und landete mit allen vieren bis zu den Knien im Schnee. Diesmal waren die Spuren unübersehbar. Anton verstand die Welt nicht mehr, selbst ein kranker Vogel war schneller als er. Das konnte unmöglich mit rechten Dingen zugehen…

Die Amsel hatte sich inzwischen auf einen Baum gerettet, von wo sie den Kater ängstlich beäugte. Nicht weniger skeptisch betrachtete der Kater den Ast, auf dem sie saß, und entschied sich für einen geordneten Rückzug. Mit Bäumen stand er auf Kriegsfuß, seit er einmal im Alter von fünf Monaten ein Eichhörnchen auf einen Kirschbaum verfolgt hatte. Im Eifer des Gefechts hatte er gar nicht gemerkt, wie hoch seine Beute hinaufgeklettert war, und erst als der Ast unter ihm bedrohlich schwankte, hatte er festgestellt, dass sein Schwindelfrei-Gen ab einer Höhe von zwei Metern fünfzig nicht mehr zuverlässig funktionierte. Kein schönes Erlebnis. Die Feuerwehr hatte ihn retten müssen, weil Ella mit der Leiter nicht bis zu ihm hinaufgekommen war. Seitdem hatte er ein Kirschbaumtrauma. Und Ella auch.

Er musste an den Goldfisch denken, der neulich von seinen Attacken unbeeindruckt unter der Eisschicht dahingeschwommen war. Das Eichhörnchen. Der Goldfisch. Und jetzt noch die Amsel. Womöglich war Jagen schlicht nicht sein Ding? War er vielleicht gar keine richtige Katze? Nur was dann? Ein verzärtelter Couchkater mit Freigang bei gutem Wetter?

Und wenn schon. Solange Ella, Xavier, Oma Gerda und Madame Bernard weiter so zuverlässig funktionierten und seinen Napf dreimal am Tag mit saftigem Thunfisch bestückten, musste er nicht über eine Persönlichkeitsspaltung nachdenken. Es gab definitiv keinen Handlungsbedarf. Jedenfalls keinen akuten.

Ein Geräusch lenkte Antons Aufmerksamkeit auf eines der furchteinflößenden Doggenmäuler. Er spähte hinauf zu dem schwarzen Drahtgeflecht, doch es war nichts zu sehen. Dann erneut eine Art Schaben, so als würde jemand einen Stuhl auf unebenem Boden verrücken. Kurz darauf Stimmen, eine männliche und eine weibliche, wobei ihm letztere bekannt vorkam. Da im gesamten Mauerwerk keine Lücke und auch kein Spalt war, durch die er hätte schlüpfen können, lief der Kater einmal um das Gebäude herum, bis er auf eine Tür stieß. Heute musste sein Glückstag sein, denn sie war nur angelehnt.

Mit der Vordertatze zog er sie so weit auf, dass er sich hindurchzwängen konnte, und musste die Augen in dem grellen Licht der Leuchtstoffröhren zusammenkneifen. Der knallgelbe Fußboden verstärkte den Effekt noch, und es dauerte ein paar Minuten, bis er sich daran gewöhnt hatte.

Der Kater stand in einer Lagerhalle mit mehreren Gängen, in denen auf blauen, fast bis zur Decke reichenden Eisenregalen Säcke aus Plastik und Papier, Kartons und riesige Dosen lagerten. Ein intensiver Duft nach Honig, Mehl, Zimt und Mandeln drang ihm in die Nase, vermischt mit frischem Schweiß und Angst. Er kam von links, genau wie die Zweibeinerstimmen, die nun klar zu hören waren.

Geruch und Tonlage waren eindeutig, für Anton bestand kein Zweifel, wer die weibliche Person war: Madame Bernard. Was machte sie hier? Und wieso roch sie so komisch?

Der Kater legte die Ohren an, stellte das Fell auf und machte einen Buckel, er war in höchster Alarmbereitschaft. Lautlos schlich er auf den Raum mit den Stimmen zu und konnte im letzten Moment zwischen zwei Stapel mit Mehlsäcken schlüpfen, als Schritte auf ihn zukamen. Der Fahrer des Wagens stürmte an ihm vorbei und schlug mit einem Knall die Tür hinter sich zu, durch die Anton hereinkommen war. Zweimal drehte sich der Schlüssel im Schloss, dann entfernten sich die Schritte, und kurz darauf heulte ein Motor auf. Aus dem Raum links von ihm drang ein Schluchzen.

Als Anton das Büro erreichte, saß Madame Bernard umgeben von Chaos auf einem Drehstuhl vor einem völlig zugemüllten Schreibtisch. Es sah aus, als wäre vor wenigen Minuten eine Horde Jagdhunde hier durchgerast. Außerdem roch es erbärmlich, was weniger an der alten Dame lag, der die Angst aus allen Poren kroch, als an den Pizzakartons und Plastikbehältern mit Essensresten. Ihre Beine waren aneinandergebunden, die Hände hinter dem Rücken an der Stuhllehne gefesselt. Ihr Pullover war auf der Brust nass, auf dem Tisch stand eine halbvolle, geöffnete Wasserflasche. Offenbar hatte der Mann versucht, ihr etwas zu trinken zu geben.

»Antoine!«, rief Madame Bernard, als sie ihn entdeckte, und fing an, auf ihrem Stuhl herumzuzappeln. Dann folgte ein französischer Wortschwall, der empfindlich in seinen Katzenohren schmerzte. Sie hörte überhaupt nicht mehr auf zu reden, wobei sie ihm immer wieder die Füße entgegenstreckte, so als wollte sie ihn dazu auffordern, sie zu befreien.

Anton verstand nicht ganz. Wollte sie, dass er die Kabelbinder durchbiss? Er war zwar noch jung und gesund, aber das würden seine Zähne nicht mitmachen. Um ihr seinen Beistand zu versichern, sprang er auf ihren Schoß und rieb schnurrend den Kopf an ihren Armen. Ihre Reaktion war seltsam: Sie lachte, und gleichzeitig liefen ihr Tränen über die Wangen. Mehrfach wiederholte sie die Namen Manon und Ella, wobei sie mit dem Kopf zur Tür deutete. Was sie sonst noch sagte, verstand der Kater nicht, aber ihm war klar, dass sie Hilfe brauchte und er sie holen sollte.

Er schleckte ihr noch schnell übers Gesicht, um sie zu beruhigen, dann sprang er von ihrem Schoß und machte sich auf den Weg.

Da die Tür verschlossen war, musste er irgendwie anders nach draußen gelangen. Er lief durch die Gänge mit den Regalen, die jedoch alle an der unverputzten Wand endeten, bis er am Ende der Halle die Toiletten entdeckte. Tatsächlich: In der Damentoilette war das Fenster gekippt. Anton sprang auf den Wasserkasten und von dort auf die Fensterbank. Puh, der Spalt war ganz schön schmal, und er hatte in den letzten Wochen eindeutig zu viele Pasteten gegessen. Es dauerte eine Weile, bis er sich hindurchgezwängt hatte, und beinahe wäre er stecken geblieben, aber er wand sich so lange, bis er es endlich geschafft hatte. Er sprang auf die äußere Fensterbank, wo er erst einmal eine Verschnaufpause einlegte. Die Aktion kostete aber ein paar Extrapasteten.

Bis zu dem elektrischen Tor fand er ohne Probleme, und von dort wandte er sich nach links. Bis zur nächsten Kreuzung war es ein ganzes Stück, doch Anton erinnerte sich, dass sie eine längere Strecke geradeaus gefahren waren. Zielsicher lief er los und wählte die Straßen nach Gutdünken aus. Bald hatte er sich restlos verlaufen und wusste nicht einmal mehr, ob er noch in Frankreich war.

Weil ihn der Hunger wieder plagte, verschob er spontan die Prioritäten und widmete sich der Nahrungsbeschaffung. Madame Bernard würde es ihm sicher verzeihen. Als er an einem Imbiss vorbeikam, vor dem sich mehrere Leute an Stehtischen versammelt hatten und aßen, gesellte er sich zu ihnen und strich ihnen schnurrend um die Beine. Die Chancen standen gut, es waren mehrere Frauen darunter. Prompt warf ihm eine ein paar Happen zu, die er eilig herunterschlang.

Frisch gestärkt machte er sich auf den Weg und streifte weiter durch die Straßen. Er war inzwischen in der Innenstadt angekommen, es wimmelte hier nur so von Zweibeinern, die alle total gestresst und mit prall gefüllten Tüten beladen aus den Geschäften kamen. Er musste aufpassen, dass ihn niemand trat, so hektisch wie die alle waren.

Schon interessant, wie sehr dieses »Fest der Liebe« – den Quatsch konnte nur ein Hund erfunden haben! – die Menschen veränderte. In der Vorweihnachtszeit wurden sie auf einmal sentimental und versuchten in dreieinhalb Wochen all das wiedergutzumachen, was sie in den achtundvierzigeinhalb davor verbockt hatten. Das ganze Jahr über stritten sie, betrogen und belogen sich und versuchten, sich gegenseitig auszustechen, doch kaum hingen Lichterketten in den Straßen und dudelte diese schwindlig machende Musik aus dem Radio, machten sie einen auf Nächstenliebe und barmherzig. Sie gaben Unmengen von Geld aus für Dinge, die niemand brauchte, und ihr schlechtes Gewissen war drei Kilometer gegen den Wind zu riechen. Eines war sicher: In der freien Natur würden sie mit dieser Methode jedenfalls nicht lange überleben.

Nicht ganz so dezidiert war Anton, was den Weg zu Madame Bernards Bäckerei betraf, er konnte beim besten Willen nicht sagen, wo es langging.

»Antoine?«

Der Kater hielt inne und hob den Kopf. Vor ihm stand eine junge blonde Frau mit einem Fahrrad. Woher wusste sie, wie er hieß?

Sie stieg ab, beugte sich zu ihm herunter und streckte ihm die Hand hin, an der er sofort interessiert schnupperte. Der Geruch kam ihm vage vertraut vor, allerdings kannte er niemanden, der komische bunte Mützen mit Hasenstummeln obendrauf trug. Egal, sie war nett und schien ihn zu kennen, also fing er an zu schnurren und rieb sich an ihren Stiefeln, woraufhin sie ihn unterm Kinn kraulte. Kein schlechter Deal. Seinetwegen hätte sie ewig damit weitermachen können, doch sie stand auf, nahm ihn hoch und setzte ihn in den Weidenkorb, der am Lenker ihres Fahrrads angebracht war. Anton musste sich den Ausguck mit einem Salatkopf, einer Gurke und drei Tomaten teilen, was jedoch nicht weiter schlimm war. Der Salat war ein gutes Kissen und sich herumfahren zu lassen war allemal besser, als durch den kalten Schnee zu laufen und sich nasse Tatzen zu holen.

Anton hoffte nur, dass seine nette Begleiterin wusste, wo er hinmusste.

Ella verstand nicht, wie Xavier so gelassen bleiben konnte. Anton war nun schon seit Stunden verschwunden, sie machte sich Sorgen und Vorwürfe. Bestimmt war er ausgebüxt, um gegen den unsinnigen Hausarrest zu protestieren. Wie hatte sie nur auf diese dämliche Idee kommen können? Eine Katze war doch kein unartiges Kind, bei dem Fernsehverbot und Co. Wirkung zeigten. Sie könnte sich ohrfeigen.

Statt um ihren Kater kreisten Xaviers Gedanken eher um Madame Bernard und die Bäckerei. Am späten Vormittag hatten Céline und ihre Freundin bei ihnen geklingelt, weil die Backstube verwaist und nichts vorbereitet war. Die alte Dame rührte abends immer den Grundteig für den nächsten Tag an und ließ ihn über Nacht ruhen. Da niemand außer ihr das geheime Honigkuchenrezept kannte, konnten die beiden jungen Frauen nicht viel tun und waren angesichts der rekonstruierten langen Excel-Listen mit den Bestellungen in Panik geraten. Gemeinsam hatten sie überlegt, was sie tun sollten, und nachdem sie die gesamte Backstube und Madames Büro in ihrer Wohnung auf den Kopf gestellt hatten, ohne das Rezeptbuch zu finden, versuchten sie, die *nonettes* und den *pain d'épices* einfach nachzubacken. Die ersten Versuche misslangen kläglich.

Xavier war noch immer unten in der Bäckerei und versuchte zu retten, was Ellas Meinung nach nicht mehr zu retten war. Ihr Unmut wurde von Minute zu Minute größer, und als sie es nicht mehr aushielt, stiefelte sie nach unten, um ihm die Meinung zu geigen.

»Gut, dass du kommst. Wir können jede Hand gebrauchen«, begrüßte Xavier sie freudig. »Julie ist immer noch nicht da, und wir erreichen sie nicht. Könntest du bitte die Lebkuchen hier in die Schokoglasur tauchen? Ich habe die Kuvertüre schon im Wasserbad warm gemacht, sie müsste komplett geschmolzen sein.« Er tat, als hätte er von klein auf das Konditorhandwerk erlernt.

Ella sah ihn nur an, als käme er von einem anderen Stern.

»Was ist? Die Mädels haben die *nonettes* im dritten Versuch ganz passabel hinbekommen. Das Honigbrot schmeckt hoffentlich auch, es ist noch im Ofen. Wir kommen nicht mehr nach mit der Arbeit, und wenn wir die beiden Großaufträge nicht schaffen, geht der Laden hier den Bach runter. Das dürfen wir nicht zulassen«, sagte er.

»Meinst du nicht, wir sollten eher die Polizei rufen, statt ins Bäckerhandwerk einzusteigen?«, fragte sie und konnte ihren Ärger kaum unterdrücken.

Was wurde das hier? Die gute Tat des Jahres? Es passte ihr nicht, wie sehr Xavier sich engagierte. Dass er nicht Nein sagen konnte, war eine Sache, aber wieso musste er sich ständig die Probleme anderer Leute ans Bein binden? Sie hatten die vier Wochen bis Silvester nutzen wollen, um sich besser kennenzulernen, sozusagen als Probe aufs Exempel, doch seit Tagen ging es nur noch um Madame Bernard und ihre Bäckerei. Ella mochte die alte Dame, keine Frage, und Manon hatte sie von der ersten Begegnung an ins Herz geschlossen, aber was zu viel war, das war zu viel.

Erschrocken ließ Xavier das Messer sinken, mit dem er gerade kandierte Kirschen halbierte, und schaute Ella an. Offenbar hatte er den Ernst der Lage erkannt, denn er kam auf sie zu und nahm sie in den Arm. »*Ma puce*, was hast du?

Die beiden Französinnen beobachteten das Paar aufmerksam, da ihnen die Spannung zwischen den beiden nicht entgangen war.

Ella kämpfte mit den Tränen, sie wollte auf keinen Fall vor Publikum losheulen. »Mensch, Xavier! Anton ist weg, und ich mache mir Sorgen. Was, wenn er vor ein Auto gelaufen ist? Dann Manon, die bei diesem komischen Onkel ist, dem ich nicht über den Weg traue. Ich finde immer noch, wir hätten sie nicht mit ihm gehen lassen dürfen. Und Madame Bernard kommt niemals von alleine zurück. Wir können doch nicht hier rumsitzen und nichts tun!« Sie hatte sich förmlich in Rage geredet.

Xavier deutete auf seine verschmierte Schürze. »Sieht das hier nach Rumsitzen und Nichtstun aus?« Nun klang er ebenfalls ungehalten. »Die ersten Kunden sind stinksauer, weil wir nicht pünktlich liefern können. Die Bäckerei ist Madame Bernards Lebenswerk. Es geht um ihre Existenz!«

»Ja, genau! Um ihre und nicht um deine!«

Türenknallend stürmte sie hinaus und rannte die Treppe hoch. Oben verkroch sie sich ins Schlafzimmer, legte sich in Jeans und Wollpulli ins Bett und zog sich die Decke über den Kopf. Eine tiefe Sehnsucht nach ihrer Wohnung überkam sie, nach ihrem Sofa, dem Garten, nach Anton. Hoffentlich ging es ihm gut. Und Madame Bernard auch.

Selbstverständlich war es ihr nicht egal, ob die alte Dame ihre Bäckerei verlor, und es wäre schrecklich, wenn ihr etwas zugestoßen wäre. Daran wollte sie gar nicht denken. Und sosehr sie sich darüber ärgerte, dass Xavier die Backstube wichtiger als alles andere zu sein schien, so sehr liebte sie ihn auch für seine grenzenlose Hilfsbereitschaft, seine Empathie und sein großes Herz. Er war ein rundherum toller Mensch, und er hatte recht: Madame Bernards Betrieb durfte nicht den Bach runtergehen. Die alte Dame war mit so viel Hingabe und Leidenschaft bei der Sache, sie lebte für ihre Bäckerei und die Familientradition. Das war neulich bei dem Gespräch über Manon mehr als deutlich geworden. Obwohl die Schufterei an ihren Kräften zehrte, machte sie weiter, für ihre Enkelin, die sie über alles liebte. Genauso wie ihre Honigkuchen und Pasteten.

Bei den leckeren Törtchen musste Ella an ihren verfressenen Kater denken, und sofort kroch ihr die Angst wieder den Nacken herauf. Sie fröstelte und zog die Bettdecke enger um sich. Anton war doch so unbedarft und ein echter Bruchpilot. Ständig passierten ihm irgendwelche Missgeschicke, und sie sah ihn schon blutüberströmt im Straßengraben liegen. Eine unerträgliche Vorstellung.

Ein Klopfen an der Tür riss sie aus ihren Gedanken. Xavier steckte den Kopf zur Tür herein.

»*Ma puce*, lass uns nicht streiten. Das ist doch albern.«

»Genauso albern wie dein dämliches *ma puce*«, grummelte sie in ihrer Höhle.

Er lachte und zog ihr die Decke weg. Dann setzte

er sich auf die Bettkante und streichelte ihr Gesicht so zärtlich, dass jedes Ankämpfen gegen den wohligen Schauer, der sie durchlief, zwecklos war. Ella setzte sich auf, lehnte sich an seine Schulter und barg den Kopf in ihrer Lieblingskuhle. Ein Seufzen entfuhr ihr.

»Tschuldigung«, murmelte sie. »Ich weiß auch nicht, was mich gerade geritten hat. Die Sorge um Anton macht mich wahnsinnig, ich bin zurzeit ganz schön dünnhäutig.«

»Macht nichts, ich mag deine Haut.« Er fuhr mit der Fingerspitze über ihren Unterarm. »Sehr sogar.«

Ihr Sinn für Humor kehrte zurück. »Tja, sie wird ja auch mit überteuerter französischer Creme gepflegt.«

»Stimmt, die ich dir höchstpersönlich geschenkt habe. Hör zu, ich mache dir einen Vorschlag. Wir helfen jetzt den Mädels in der Backstube, bis der letzte Honigkuchen verpackt und ausgeliefert ist. Zur Belohnung koche ich heute Abend für dich, und morgen fahren wir nach Beaune auf den Wochenmarkt. Du wirst staunen, was es dort alles gibt. Wenn Madame Bernard bis morgen früh immer noch nicht da ist, gehen wir zur Polizei. Versprochen.« Er gab ihr einen Stups auf die Nase. »Na, ist das ein Angebot?«

»Okay. Aber nur wenn du mir einen Cappuccino machst, bevor wir uns in die Arbeit stürzen.«

»Selbstverständlich!« Er küsste sie und verschwand in Richtung Küche.

Zwanzig Minuten später stand Ella in Madame

Bernards Schürze neben Céline an der Arbeitsplatte und wälzte Schokotrüffel in Kakao. Sie arbeiteten konzentriert und Hand in Hand, und bald waren die vier Tabletts vor Ella voll. Sie wollte gerade ein neues aus dem Regal nehmen, da klingelte es. Alle Köpfe fuhren herum.

»Wer das wohl ist?«, sprach Céline aus, was alle dachten, und ging zur Tür.

Keine Minute später war sie freudestrahlend zurück, im Schlepptau Julie, die eine silbergraue Katze mit großen gelben Augen im Arm hielt.

»Anton!« Ella ließ das Tablett los, das scheppernd zu Boden fiel.

Vor Schreck sprang der Kater herunter und flüchtete hinter eins der Eisenregale. Mit einem Aufschrei lief Ella ihm nach und versuchte, ihn wieder hervorzulocken, während Xavier sich bei Julie bedankte.

»Gerne«, sagte die Studentin und machte ein zerknirschtes Gesicht. »Nehmt es als Entschuldigung für mein Zuspätkommen. Meine Mutter hat sich beim Kochen in den Finger geschnitten, und ich musste sie zum Arzt fahren. In der Hektik habe ich mein Handy zu Hause vergessen. Sorry, ich weiß doch, dass hier die Hütte brennt.«

»Kein Problem«, sagte Céline, drückte ihr eine Schürze in die Hand und deutete auf die vier Tabletts. »Kannst gleich loslegen. Die Trüffel müssen verpackt werden.«

Ella, die inzwischen aufgegeben hatte, ging zu Julie und nahm sie spontan in den Arm. »Tausend Dank! Wo hast du mein Katerchen denn aufgegabelt? Ich hab mir solche Sorgen um ihn gemacht.«

Julie erzählte kurz von ihrer Begegnung mit Anton in der Fußgängerzone und dass er sich brav in den Fahrradkorb hatte setzen lassen. Sie konnten sich keinen Reim darauf machen, wie er dort hingekommen war, aber Hauptsache, er war wohlbehalten zurück.

Wie auf Kommando kam er aus seinem Versteck und stellte einen unüberhörbaren Antrag auf Sofortverpflegung. Sein Gemaunze übertönte sogar den Weihnachtssong im Radio.

»Entschuldigt mich, ich bin gleich zurück. Der Herr wird rabiat, wenn er Hunger hat«, erklärte Ella.

Alle lachten, als sie die Tür öffnete und Anton wie ein geölter Blitz hinausschoss. Im Flur drehte er sich um, so als wollte er sichergehen, ob sie ihm auch folgte.

Als Ella wieder herunterkam, standen Céline und die andere Kollegin schon in Jacken an der Tür, voll beladen mit Tüten und Kartons. Sie wollten die erste Fuhre ausliefern, und Ella half ihnen, Célines Auto zu beladen.

Sie mussten an dem Abend noch drei Touren fahren, dann war endlich alles so weit fertig, dass sie guten Gewissens nach Hause gehen konnten.

Xavier und Ella waren so müde, dass sie das Kochen

bleiben ließen und es sich frisch geduscht mit Chips und Erdnüssen vor dem Fernseher bequem machten. Anton, sonst immer der Erste auf der Couch, fand dagegen keine Ruhe. Er war schon den ganzen Abend komisch, rannte immer wieder zur Tür und maunzte, selbst Monsieur Lapin hatte ihn nicht ablenken können. Die Gutenachtkarotte, die die beiden Abend für Abend brüderlich teilten, hatte er nicht angerührt. Xavier schloss sogar die Wohnungstür ab, weil Ella Angst hatte, der Kater könnte erneut stiften gehen.

Am nächsten Morgen fuhren sie wie abgemacht als Erstes zur nächsten Polizeistation, um Madame Bernard als vermisst zu melden. Sie hatten sich nicht noch einmal mit Michel Bernard abgestimmt, sondern folgten ihrem Gewissen. Sollten sie deshalb Ärger mit Manons Onkel bekommen, dann war es eben so. Das hatten sie gemeinsam beim Frühstück entschieden.

Der diensthabende Beamte fragte ihnen Löcher in den Bauch, und sie mussten gleich mehrere Formulare unterschreiben. Ella hätte nicht gedacht, dass eine Vermisstenanzeige ein derart aufwändiger bürokratischer Akt war. Nachdem sie dem Gendarmen noch Name, Adresse und Telefonnummer von Madame Bernards Sohn gegeben und erwähnt hatten, dass Manon derzeit bei ihm wohnte, war der Vorgang abgeschlossen. Sie erhielten eine Durchschrift und wurden gebeten, sich für eventuelle weitere Befragungen oder die Durchsuchung ihrer Ferienwohnung und der Bäckerei zur Verfügung zu halten.

Auf der Fahrt nach Beaune war jeder in seine Gedanken versunken, und Ella brauchte eine ganze Weile, bis sie sich wieder gefangen hatte und sich auf den Ausflug freuen konnte. Die Atmosphäre auf dem Wochenmarkt mit den vielen Ständen, die sich wie die Arme einer Krake von der Place de la Halle in die Gassen erstreckten, rief ihre Lebensgeister wieder wach. Man hatte das Gefühl, dass die Stadt auf einmal doppelt, wenn nicht dreimal so viele Einwohner hatte wie sonst. Die Tische der Händler bogen sich unter den Köstlichkeiten. Zu hohen Stapeln aufgeschichtet lagen die Salamis dicht an dicht, daneben Käse, Honig, Obst und Gemüse im Überfluss. Eine Straße weiter drängten sich die Leute vor den Ständen mit Haushaltsartikeln, Strümpfen oder handgeflochtenen Körben. Verkäufer priesen ihre Waren an, Bekannte begrüßten sich ausgelassen, eine Rentnergruppe debattierte die letzte Entscheidung von Präsident Hollande, und zwei junge Mädchen verfolgten kichernd einen Jungen, den auch Ella angehimmelt hätte, wäre sie noch einmal vierzehn.

Während sie vor Staunen den Mund nicht zubekam, schlenderte ihr Freund von Stand zu Stand. Probierte hier ein paar Käsewürfel, unterhielt sich dort mit einem Verkäufer über das Wetter. Die Sonne war herausgekommen und ließ den Schnee auf den Dächern der Häuser glitzern. Zielsicher steuerte Xavier den Wagen eines Metzgers an, vor dem mindestens zwanzig Leute standen.

»Hier gibt's die besten Pasteten der Stadt. Behauptet jedenfalls meine Mutter«, sagte er zu Ella, nachdem er die Tüte in Empfang genommen hatte.

»Na, die muss es ja wissen.«

»Wer muss was wissen?«, ertönte eine weibliche Stimme hinter ihnen.

Sie wandten sich um.

Chloë stand vor ihnen und zuckte die Achseln. »*Pardon*, ich bin krankhaft neugierig.«

»Na, da habt ihr beiden ja was gemeinsam«, feixte Xavier.

Mit vereinten Kräften stürzten die beiden Frauen sich auf ihn, und Ella dachte amüsiert an den Moment auf dem Karussell zurück, als es sie vor Eifersucht auf Xaviers sympathische Cousine fast zerrissen hatte.

Ella zog es zu dem Bäcker gleich nebenan, der die Laibe zu Pyramiden gestapelt hatte. Sie kaufte ein Rosinen-Nuss-Brot.

»Einfach nur frische Butter draufstreichen … köstlich«, sagte die Verkäuferin, während sie den Laib in eine Plastiktüte steckte und Ella das Wechselgeld herausgab. »Wenn Sie es mit Käse essen«, sie küsste die

Fingerspitzen ihrer rechten Hand. »Aaaah, ein solcher Genuss.«

»Danke!« Ella musste schmunzeln bei so viel Begeisterung. Als sie sich umwandte, erstarrte sie. Dann stieß sie Xavier an. »Ist das da drüben nicht Manons Onkel? Was macht der denn mit Julie in Beaune auf dem Markt?«

Xavier sah prüfend in die Richtung, in die sie deutete. »Das ist nicht Michel Bernard, der Typ sieht ihm nur ein bisschen ähnlich. Aber du hast recht, das neben ihm ist Julie.«

»He, Julie!«, rief Ella und wollte auf die beiden zugehen.

Dabei stieß sie mit einer alten Frau zusammen, die ihre Einkaufstasche fallen ließ. Orangen kullerten über das Kopfsteinpflaster, die Xavier einsammelte, während Ella sich wortreich entschuldigte.

Als sie sich wieder umblickten, waren Julie und ihr Begleiter längst in der Menge verschwunden.

# 8

»Da bin ich!«

Manon lächelte tapfer, als Ella ihr öffnete. So schön es bei Onkel Michel und Tante Audrey auch war, sie hatte Heimweh bekommen und die beiden so lange beackert, bis sie ihr erlaubt hatten, zu Hause vorbeizugehen. Sie hatte sich gefreut und zugleich davor gefürchtet. Insgeheim hatte sie die Hoffnung gehabt, dass *mamie* ihr gegenüberstehen würde, auch wenn sie wusste, dass es sehr unwahrscheinlich war. Ihre Großmutter hätte sie sicher längst abgeholt, wenn sie wieder da gewesen wäre. Manon vermisste sie sehr und hatte jeden Abend gebetet, dass sie zurückkommen möge. Sogar einen neuen Brief an den Weihnachtsmann hatte sie geschrieben. Den musste sie nur noch in den Postkasten werfen, damit ihr sehnlichster Wunsch in Erfüllung gehen konnte: Großmama Joséphine in die Arme zu schließen.

»Hallo, Manon, wie schön, dass du vorbeikommst.« Ella umarmte sie fest.

»Meine *mamie* ist nicht da, oder?« Manon spähte

an ihr vorbei in den Flur und kämpfte mit den Tränen, als Ella den Kopf schüttelte. »Wie geht's Monsieur Lapin? Und Anton? Vertragen sie sich noch?«

»Alles bestens, aber komm doch erst mal rein.«

In der Ferienwohnung stürzte sich das Mädchen noch in Jacke und Mütze auf den Käfig, der neben Antons Katzenkorb stand, und nahm das Kaninchen auf den Arm. Selig streichelte sie es und küsste es immer wieder auf die langen Schlappohren. Monsieur Lapin fing an zu zappeln und wand sich, bis sie ihn auf den Boden setzte und sich neben ihn kniete. Anton kam aus der Küche herbeigelaufen und begrüßte Manon laut maunzend, die Barthaare noch voller Thunfischreste. Immer wieder strich er ihr um die Beine und trippelte ein Stück in Richtung Tür, als wollte er sie zum Mitkommen auffordern.

»Was hat er denn?«

»Keine Ahnung, er ist gestern ausgebüxt und seitdem komisch«, sagte Xavier, der gerade hereingekommen war. »Hallo, Prinzessin«, begrüßte er Manon und zog ihr die Mütze vom Kopf.

»He, gib sie her!«

Die beiden balgten sich, bis Xavier außer Atem war und das Mädchen über die Schulter warf. Erst in der Küche, wo Ella inzwischen einen Kakao gekocht hatte, setzte er sie ab, und sie zog die Jacke aus. Ihre Wangen waren gerötet. Während die drei ihre Plätzchen in das dampfende Getränk tunkten, erzählten sie sich, was die letzten Tage vorgefallen war. Dabei ging es auch um die Vermisstenanzeige.

»Die Polizei war gestern bei uns und hat alle ausgefragt«, berichtete Manon, woraufhin Ella und Xavier sich einen Blick zuwarfen, den sie nicht deuten konnte. »Ich hab mich ein bisschen gefürchtet vor dem Gendarmen, weil er so böse geguckt hat die ganze Zeit und so streng war. Aber am Ende hat er gesagt, ich hätte das ganz großartig gemacht.«

»Dein Onkel war nicht sauer, oder?«, hakte Xavier vorsichtig nach.

»Nö, wieso?«

»Nur so.«

Ella nahm den Milchtopf in die Hand. »Braucht jemand Nachschub? Sonst trinke ich den Rest.«

Manon hielt ihr die Tasse entgegen, und Ella teilte den Kakao zwischen ihnen auf. Sie gab dem Mädchen eine Serviette, damit es sich die Kakaospuren abwischen konnte, doch Manon leckte sich schnell über die Lippen und fuhr zur Sicherheit noch einmal mit dem Handrücken darüber.

Sie lächelte breit. »Sauber! Darf ich noch ein bisschen mit Monsieur Lapin und Anton spielen, bevor ich zurückmuss? Tante Audrey hat gesagt, ich kann bis um vier bei euch bleiben. Ich soll sie anrufen, dann holt sie mich ab. Wie spät ist es jetzt?«

»Halb zwei. Und klar kannst du mit den beiden spielen«, sagte Ella.

»Macht es dir etwas aus, wenn wir dich für eine halbe Stunde mit Anton und deinem Kaninchen alleine lassen? Wir müssen noch schnell ein Geschenk kaufen. Oder willst du mitkommen?«, fragte Xavier.

»Es dauert nicht lange«, bekräftigte Ella.

»Nö.« Manon hatte solche Sehnsucht nach Monsieur Lapin gehabt, dass sie so viel Zeit wie nur möglich mit ihm verbringen wollte. Wer wusste schon, wann sie ihn das nächste Mal besuchen durfte. »Ich möchte lieber hierbleiben«, sagte sie daher.

»Gut, dann bis gleich.«

Kaum waren die beiden gegangen, lief Anton erneut miauend zur Tür und kratzte daran. Anfangs nahm Manon keine Notiz davon, sondern setzte sich mit Monsieur Lapin auf den Flauschteppich vor dem Sofa und ließ ihn über einen Kochlöffel hüpfen. Das hatte sie ihm irgendwann beigebracht, und er war ganz wild darauf. Sobald sie den Löffel vor ihn hinhielt, sprang er in hohem Bogen darüber, drehte sich blitzschnell um, hopste zurück und stupste sie dann auffordernd an, um sich seine Belohnung abzuholen.

Irgendwann kam Anton angetrabt und legte ihr die Pfote aufs Knie. Er sah sie eindringlich an und fuhr langsam die Krallen aus, bis es pikste.

»Aua! Was soll das?« Sie schubste ihn weg.

Doch so leicht ließ der Kater sich nicht abwimmeln. Er hüpfte ihr auf den Schoß und maunzte so laut, dass sie sich am liebsten die Ohren zugehalten hätte. Als sie sich bewegte, sprang er sofort von ihr herunter und rannte wieder zur Tür.

Manon stand auf und ging ihm nach. »Was ist denn? Wo willst du hin?«

Anton kratzte so lange an der Tür, bis das Mädchen sie öffnete. Blitzschnell schlüpfte er durch den Spalt und rannte die Treppe hinunter.

»He, warte auf mich!«

So schnell sie konnte hastete Manon hinterher, nur um festzustellen, dass er das Spiel an der Haustür wiederholte: kratzen, ein auffordernder Blick, kratzen, ein weiterer Blick.

»Du willst raus? Ich glaube, das darfst du nicht.«

Als hätte er ihre Worte verstanden, protestierte der Kater lautstark. Er machte Männchen und bearbeitete mit beiden Vordertatzen das Holz, auf dem schon Spuren zu sehen waren. Manon wurde unsicher. Na gut, überlegte sie, wenn ich mitgehe und auf ihn aufpasse, kann nicht viel passieren. Sie eilte hinauf, um Jacke und Mütze zu holen, während Anton sich setzte und brav auf sie wartete. In der Hektik vergaß sie, Monsieur Lapin zurück in seinen Käfig zu bringen.

»Also gut«, sagte sie zu dem Kater und sah ihn streng an – ungefähr so streng wie Madame Ferrand, wenn einer in der Klasse etwas ausgefressen hatte. »Wir gehen aber nur in den Hof, und du bleibst schön bei mir, ja?«

Anton senkte den Kopf, als würde er nicken. Trotzdem war Manon die Sache nicht ganz geheuer, daher hatte sie ein Stück Geschenkband mitgenommen, das auf der Kommode im Flur gelegen hatte. Sie knotete es dem Kater um den Hals. Es war gerade lange genug, dass sie leicht gebückt neben ihm gehen konnte. Für einen kurzen Spaziergang über den Hof würde es reichen, beschloss sie und öffnete die Tür.

Sie hatte nicht damit gerechnet, mit welchem Tempo Anton lossprinten würde. Mit einem Satz war er draußen, und die selbst gebastelte Leine hing schlaff von Manons Hand herab.

»He, bleib stehen!« Sie lief ihm nach. Die Tür krachte hinter ihr ins Schloss, und erst jetzt fiel ihr ein, dass sie gar keinen Schlüssel hatte. »So ein Mist«, murmelte sie und hatte Mühe, mit dem Kater Schritt zu halten.

Er lief schnurstracks die Rue Liegeard entlang und bog erst rechts und kurz darauf links ab. Mehrmals blieb er stehen und wartete auf Manon, doch sobald sie bis auf ein paar Schritte an ihn herangekommen war, drehte er sich um und flitzte weiter.

»Das ist ein total doofes Spiel. Ich hab keine Lust mehr«, rief sie dem Kater nach, traute sich aber nicht, einfach stehenzubleiben, um ihn nicht zu verlieren.

Einige Passanten sahen ihnen nach, doch niemand sagte etwas, und Manon war zu schüchtern, um einen Fremden um Hilfe zu bitten. Also blieb ihr nichts anderes übrig, als dem Kater zu folgen und zu hoffen, dass er irgendwann genug hatte oder von alleine nach Hause zurückkehrte.

Als sie nach gut zehn Minuten die Innenstadt hinter sich ließen und Anton neben einer dicht befahrenen Ausfallstraße entlangtrabte, bekam Manon es mit der Angst zu tun. Was, wenn er vor ein Auto rannte und überfahren wurde? Wie sollte sie das Ella erklären?

»Bitte bleib stehen«, flehte sie, doch der Kater lief unbeirrt weiter.

Vor einem Rolltor, das in eine Mauer eingelassen war, hielt er inne, sprang durch die Stäbe und rannte auf ein Fabrikgebäude zu. BACKWAREN O. DUVAL stand in roten Großbuchstaben darauf.

Manon rüttelte an dem Tor, doch es ließ sich nicht öffnen. Da es nicht allzu hoch war, kletterte sie kurz entschlossen darüber und lief quer über den Parkplatz auf das Gebäude zu. Anton war weit und breit nicht zu sehen. Leider war der Schnee schon so harsch, dass er mit den Pfoten keine Abdrücke hinterlassen hatte.

»Antoine!«, rief sie. »Antoiiiiine!« Sie sah sich um, kein Mensch war zu sehen. Die Bäckerei schien nicht in Betrieb zu sein. Sie fürchtete sich ein bisschen, so ganz alleine, doch zum Fürchten war jetzt keine Zeit, sie musste den Kater finden. Mit den Händen formte sie einen Trichter vor dem Mund und brüllte so laut sie konnte: »Haaaaalloooo, ist da jemand?«

»Manon? Bist du das?«, ertönte eine ihr wohlbekannte Stimme. Sehr leise zwar, aber unverkennbar. Sie kam durch einen der Luftschächte.

Das Mädchen beugte sich über das Gitter. »Oma Josi? Wo bist du?«

»Hier drinnen, man hält mich gefangen. Lauf nach Hause und hol Hilfe.«

Der Schreck fuhr ihr in alle Glieder, und für einen Moment stand sie da wie gelähmt. Dann sagte sie: »Mach ich. Bis gleich.«

Manon drehte sich um und wollte losrennen, da kam ihr eine viel bessere Idee. Sophie, die sie und ihre Cousinen gestern zum Spielen besucht hatte, hatte ihr für zwei Tage ihr Handy geliehen, weil sie auch mal ein paar Pokémons fangen wollte. Sie hatte ihrer Freundin hoch und heilig versprochen, gut darauf aufzupassen und nicht damit zu telefonieren, weil das Guthaben fast aufgebraucht war. Aber das hier war ein Notfall, da galt das Verbot nicht. Sie wählte die Nummer der Bäckerei, doch niemand ging ran. Von Ella und Xavier hatte sie keine Handynummer, und die von Tante Audrey und Onkel Michel kannte sie nicht auswendig. Panik überkam sie, und wieder einmal kämpfte sie gegen die aufsteigenden Tränen an.

Dann hatte sie eine Idee und blätterte das Telefonbuch des Handys durch. Sie fand den Eintrag, drückte auf das Symbol mit dem grünen Hörer und wartete.

Es tutete einmal, zweimal, dreimal.

»Sophie, was gibt's? Ich bin im Büro.«

»Hallo, Monsieur Millet, hier ist nicht Sophie, sondern Manon«, erklärte sie ihm und berichtete stockend, was vorgefallen war.«

»Seid ihr alleine, oder ist da noch wer?«

Sie schüttelte den Kopf, obwohl er es gar nicht sehen konnte. »Hier ist niemand. Nur Anton, der Kater von Xavier und Ella, aber den finde ich nicht mehr.«

»Okay, bleib, wo du bist. Ich komme und hole dich und deine *mamie*. Wo seid ihr?«

»Keine Ahnung, aber«, sie ging ein paar Schritte zurück, um den Schriftzug entziffern zu können, »auf dem Haus steht BACKWAREN O. DUVAL drauf. Kennen Sie das?«

Das Klicken einer Computertastatur war zu hören, dann eine Weile nichts. »Hier ist es. Bin schon unterwegs.«

Erleichtert legte Manon auf. Sie ging zu dem Schacht der Klimaanlage zurück und rief: »Oma Josi, bist du noch da? Monsieur Millet kommt und befreit dich. Ich habe ihn angerufen … mit Sophies Smartphone.« Sie war stolz auf sich.

»Danke, du bist ein kluges Mädchen.«

Bestimmt sah ihre Großmutter nun ein, wie wichtig es war, eins von diesen »unnützen Funkfernsprechgeräten«, wie sie sich immer ausdrückte, zu besitzen.

Die folgenden zehn Minuten kamen Manon endlos vor. Um die Angst niederzukämpfen, zählte sie die Backsteine in der Wand vor ihr. Als ihr kalt wurde, lief sie um das Fabrikgebäude herum, wobei sie eine schmale graue Tür entdeckte, die jedoch verschlossen war. Ein Stück weiter führte ein verglaster Gang zum Verwaltungsgebäude, das ebenfalls verlassen wirkte. In jedem Winkel suchte sie nach dem Kater, doch von Anton keine Spur. Sie wollte gerade zu dem Luftschacht gehen, um noch ein bisschen mit *mamie* zu reden, als ein Streifenwagen mit Blaulicht angerast kam und vor dem Rolltor eine Vollbremsung machte. Zwei Uniformierte und Monsieur Millet sprangen heraus, winkten ihr und kletterten über das Rolltor. Manon lief auf die drei Männer zu und deutete auf das Gebäude.

»Da ist meine Oma drin. Sie wird gefangen gehalten. Aber man kommt nicht zu ihr rein, die Tür ist zu«, erklärte sie und stürmte auf Sophies Papa zu. Er umfasste sie mit seinen starken Armen, und sofort fühlte sie sich sicher und geborgen.

»Bringst du uns hin?«, fragte einer der Gendarmen.

Nachdem sein Kollege die Tür aufgebrochen hatte, mussten sie drinnen nur den Rufen bis in das kleine Büro folgen. Dort saß die gefesselte *mamie*, auf ihrem Schoß der schnurrende Anton. Als sie eintraten, sprang er herunter und trippelte laut miauend auf Manon zu, so als wollte er sagen: »Siehst du, ich hatte recht.«

Während der eine Gendarm ihre Großmutter befreite, machte der andere Fotos vom Ort des Geschehens, und Monsieur Millet holte sein Telefon heraus, um seine Frau anzurufen.

Manon konnte es kaum erwarten, bis Großmama Joséphine befreit war, dann drückte sie sich an sie und wollte sie nicht mehr loslassen. Sie gab ihr einen dicken Kuss auf die Wange und gleich noch einen hinterher. »Die brauchst du jetzt. Dein Liebesspeicher ist bestimmt leer«, sagte sie.

*Mamie* gab ihr ebenfalls einen Kuss und lächelte mit Tränen in den Augen. »Recht hast du. Heute Abend küssen wir auf Vorrat, damit der Speicher wieder voll ist, ja?« Sie erhob sich mit einem Stöhnen.

»Geht es Ihnen gut? Sollen wir einen Krankenwagen rufen?«, fragte einer der Gendarmen.

Ihre Großmutter wedelte mit der Hand. »Nein, nein, danke, alles bestens. Ich bin nur müde. Wenn Sie mich nach Hause bringen könnten ...«

»Das übernehme ich, wenn Sie nichts dagegen haben«, meldete sich Sophies Papa zu Wort.

Der Polizist nickte. »Gerne, wir würden Ihnen nur vorher noch ein paar Fragen stellen. Schaffen Sie das?«

Nachdem *mamie* genickt hatte, bat er Manon und Monsieur Millet, vor der Tür zu warten. Anschließend ließ er sich von dem Mädchen die Ereignisse abermals genau schildern und lobte es, dass es seine Großmutter gefunden hatte.

»Das war ich nicht. Das war Anton«, sagte sie, während der Kater auf ihrem Arm schnurrte. Sie kraulte ihn hinterm Ohr. »Du bekommst bestimmt eine Extraportion Thunfisch. Oder eine von Oma Josis Pasteten«, sagte sie zu ihm.

»Die hat er sich auch verdient«, meinte der Gendarm.

Überglücklich sanken Manon und ihre Großmutter wenige Minuten später auf die Rückbank von Monsieur Millets Renault und ließen sich während der gesamten Fahrt nicht los.

»Ich glaub das alles nicht.«

Xavier sah abwechselnd von Manon zu ihrer Großmutter und wollte gar nicht mehr aufhören, den Kopf zu schütteln. Die Aufregung der letzten Stunden, nachdem sie bei ihrer Rückkehr nur Monsieur Lapin vorgefunden hatten, der zum Zeitvertreib das Fernsehkabel durchgeknabbert hatte, wollte der Erleichterung nur widerstrebend Platz machen. Zu groß war die Panik gewesen, dass dem Mädchen und Anton etwas zugestoßen sein könnte.

Ella und er hatten das ganze Haus abgesucht und

wollten sich gerade zum zweiten Mal innerhalb von achtundvierzig Stunden auf den Weg zur Polizei machen, als Monsieur Millet mit den drei Vermissten auf einmal vor der Tür stand.

Nun saßen sie zu viert zusammen in der Backstube um den kleinen Tisch, an dem Madame Bernard und ihre Enkelin immer frühstückten, und versuchten ihren Puls mit Pastis zu beruhigen. Anton hatte sich nach oben in seinen Korb verzogen, wo er sich vermutlich von den Strapazen der vergangenen Tage erholte.

Madame Bernard schenkte gerade zum dritten Mal nach und goss aus einer Karaffe Wasser auf den goldgelben Anisschnaps, der sofort milchig wurde.

»Darauf, dass wir alle gesund und munter sind«, sagte sie aufgekratzt und hob ihr Glas. Bis auf einen gehörigen Schrecken war sie zum Glück unversehrt und schon nach dem zweiten Glas Pastis – ihrem persönlichen Allheilmittel, wie sie verriet – wieder ganz die Alte.

Manon, die mit Kirschsaft anstieß, sagte: »Ich bin ja so froh, dass Anton sich losgerissen hat, sonst hätte ich dich nie gefunden, Oma Josi.« Wie ein Kleinkind kletterte sie auf den Schoß ihrer geliebten *mamie* und erzählte noch einmal in allen Einzelheiten, wie der Kater sie zu dem Fabrikgelände geführt hatte.

Gebannt hörte Xavier ihr zu, völlig fasziniert von dem kleinen Kerl und seiner Leistung. Da dachte man immer, Katzen lägen den lieben langen Tag auf der Fensterbank und dösten – und dann so was.

Als Manon geendet hatte, fuhr Ella ihr in einer liebevollen Geste über den Scheitel. »Na ja, du hast auch keinen geringen Anteil daran, dass deine *mamie* wieder heil hier sitzt.«

Das Gesicht der Kleinen war kaum breit genug für das strahlende Lächeln. »Oma Josi und ich müssen doch zusammenhalten, wir haben ja nur uns.«

Madame Bernard stiegen die Tränen in die Augen bei den Worten ihrer Enkelin. »Und Onkel Michel mit seiner Familie«, ergänzte sie.

»Ihr seid wieder gut miteinander?« Manons Stimme überschlug sich fast. Sie konnte ihr Glück kaum fassen.

Ihre Großmutter schüttelte den Kopf, und das Entsetzen im Blick des Mädchens ging Xavier durch Mark und Bein.

»Nein, noch nicht. Aber ich werde mich mit ihm aussprechen«, erwiderte die alte Dame.

»Ganz sicher?«

»Versprochen«, sagte Madame Bernard und hob die rechte Hand zum Schwur. Dann stellte sie die Pastisgläser samt der Flasche auf ein Tablett und erhob sich. »So, und jetzt raus mit euch, ich muss noch den Teig für morgen früh vorbereiten. Wir haben mehr als genug aufzuholen, wenn wir uns nicht ranhalten, gehen uns die Kunden verloren. Wenn du magst, kannst du mir helfen, Manon.«

»Aber Sie müssen sich doch ausruhen, *madame*«, protestierte Ella.

»Nichts da! Die Bäckerei geht vor!«

Xavier ergriff das Wort. »Moment mal, ich bewege mich hier keinen Meter weg, bevor Sie mir nicht erzählt haben, wer der Täter ist. Sie kennen den Mann, oder?«, fragte er. Die Vermutung hatte er schon, seit sie hier saßen, nur bisher hatte er es nicht gewagt, sie auszusprechen.

Manons Augen wurden groß. »Echt jetzt, Oma Josi?«

Man merkte Madame Bernard an, dass sie das Thema am liebsten totgeschwiegen hätte. Sie wich dem Blick ihrer Enkelin aus und nestelte an der Tischdecke.

»*Madame*, das war eine Straftat, da kann man nicht so tun, als …«

Die Bäckerin fuhr herum. »Ich hab doch mit der Polizei geredet, die wissen, wer's war.«

»Ich will's auch wissen!«, rief Manon.

Das Telefon klingelte und ersparte Madame Bernard die Antwort – jedenfalls vorerst. Es war Tante Audrey, die außer sich vor Sorge war, weil ihre Nichte nicht wie verabredet angerufen hatte.

Das Mädchen schlug die Hand vor den Mund. »Oje, das hab ich total vergessen.«

Als Audrey Bernard von ihrer Schwiegermutter hörte, was passiert war, wollte sie sofort vorbeikommen und stand keine Viertelstunde später zusammen mit ihrem Mann und den beiden Töchtern vor der Tür.

Es gab ein großes Hallo, alle lagen sich in den Armen, küssten sich und redeten wild durcheinander. Ein sehr emotionaler Moment, in dem der Streit zwischen Madame Bernard und ihrem Sohn für ein paar Minuten keine Rolle spielte. Bei den Erwachsenen flossen Tränen, während die Kinder durchs Treppenhaus tobten und nach oben verschwanden, um Anton zu bestaunen. Xavier und Ella wollten sich unauffällig davonschleichen, da sie sich in diesem intimen Moment eher wie Störenfriede vorkamen. Sie waren schon auf der Treppe, als Madame Bernard sie zurückrief.

»Ich habe Ihnen beiden so viel zu verdanken, Sie haben ein Recht darauf, die ganze Geschichte zu erfahren. Kommt her, ich erzähle euch alles«, sagte sie und holte noch einen Stuhl, damit alle Platz hatten.

Der Pastis wurde wieder aufgeschraubt, neue Gläser wurden verteilt, und nachdem sie auf Madame Bernards Wohl angestoßen hatten, setzte sie zu reden an.

»Also, ich fange am besten von vorne an. Ihr wisst doch sicher noch, damals, als Jean und Claudia bei dem Unfall ums Leben gekommen sind, da wolltest du«, sie sah ihrem Sohn direkt in die Augen, »die Firmennachfolge nicht antreten.«

Michel Bernard wollte etwas erwidern, doch seine Frau legte ihm die Hand auf den Arm, und er machte den Mund wieder zu. Xaviers Blick wanderte zu Ella, die Manons Onkel nicht aus den Augen ließ. Mit gerunzelter Stirn saß sie da, und er hätte ein Vermögen für ihre Gedanken bezahlt.

»Olivier hätte die Bäckerei damals gerne übernommen, aber das wollte ich nicht. Das Rezeptbuch ist mein größter Schatz, und ich möchte, dass Manon es eines Tages bekommt. Es soll in der Familie bleiben. Das Mädchen ist mit ebenso viel Liebe und Herzblut bei der Sache wie ich, da kann ein Großbäcker mit seinen industriellen Fertigungsmethoden nicht mithalten. Es würde mir das Herz brechen, wenn unser wertvolles Honigkuchenrezept ein solches Ende nähme.«

»Darüber haben wir doch schon x-mal gesprochen«, sagte Michel Bernard ungehalten, und Xavier merkte auf. »Du weißt, wie ich darüber denke. Olivier gehört auch zur Familie und hat gezeigt, was er kann. Seit über vierzig Jahren stehst du jeden Tag in der Backstube und schuftest dich kaputt. Bis Manon so weit ist, kann Gott weiß was passieren. Ich finde es unverant…«

Audrey tätschelte ihrem Mann die Hand. »Nicht wieder streiten, *mon cher*. Das bringt doch nichts. Lass deine Mutter erst mal zu Ende erzählen.«

Madame Bernard nickte ihr dankbar zu. »Olivier

war damals tief in seinem Stolz gekränkt und hat sich viele Jahre nicht gemeldet. Dieses Frühjahr ist er dann auf einmal aufgetaucht und hat seine Forderung wiederholt. Ich war sehr enttäuscht, als du, mein Sohn, für ihn Partei ergriffen hast.« Sie hob die Hand, als Michel etwas erwidern wollte, und brachte ihn zum Schweigen. »Natürlich, ich habe sehr heftig reagiert, und ich hätte unseren Streit gerne vermieden, aber die Bäckerei geht mir nun mal über alles. Olivier hätte eine jahrhundertelange Tradition zerstört, das durfte ich unter keinen Umständen zulassen. Du weißt selbst, dass dein Cousin mit seinem Großbetrieb den traditionellen Honigkuchenbäckern in Dijon seit Jahren das Leben schwermacht mit seinen Dumpingpreisen. Auch mir. Obwohl ich mich vor Aufträgen kaum retten kann, habe ich immer wieder finanziell zu kämpfen. Monsieur Dupin kann das bestätigen, er hat mir neulich aus der Bredouille geholfen, als die Bank mir Schwierigkeiten gemacht hatte.«

Peinlich berührt saß Xavier da und hoffte, dass Michel Bernard gelassen blieb bei der Nachricht. Immerhin hatte er als Fremder Einblick in die Bilanzen der Bäckerei genommen. Obwohl, was konnte er schon dafür, wenn die Familie zerstritten war?

Manons Onkel sagte jedoch kein Wort dazu, sondern meinte nur: »*Maman*, ich hatte Angst um dich. Die Bäckerei an Olivier zu übergeben ist immer noch besser, als an einen Fremden zu verkaufen. Ich wollte nicht warten, bis du eines Tages beim Teigrühren einen Herzinfarkt bekommst.«

»Wir waren wirklich in großer Sorge um dich, Joséphine«, bekräftigte Audrey.

Xavier und Ella wechselten einen langen Blick. Die Sache war echt vertrackt.

»Jedenfalls«, fuhr Madame Bernard fort, »ist vor ein paar Wochen dann dieser Monsieur Burgoin bei mir aufgetaucht und hat mich bedroht.«

»Der mit dem ominösen Mandanten, der für mich nicht zu sprechen war«, meldete sich Ella zu Wort und berichtete kurz von ihrem vergeblichen Versuch, in die Kanzlei vorgelassen zu werden.

»Ganz genau. Der ominöse Mandant war mein eigener Neffe.«

Michel sprang auf. »Was? Bist du dir sicher.«

Madame Bernard lächelte gequält. »Oh ja, leider. Er hat es mir selbst gestanden. Wir haben viel geredet während meines unfreiwilligen Besuchs in seiner Fabrik… Zeit genug hatten wir ja. Nachdem die Drohungen des Anwalts nichts brachten, stiftete er meine Aushilfe Julie an, die ihm Zutritt zur Backstube verschafft hat. So konnte er die Teigmaschine kaputt machen und die Dateien im PC löschen. Er hat die Studentin bestochen, sie hat sich angeblich nichts dabei gedacht. Trotzdem werde ich das Mädchen wohl entlassen, ich bin schwer enttäuscht von ihr.«

»Moment mal, ich komme nicht mehr mit.« Ella stieß Xavier an. »Wir haben Julie doch neulich auf dem Markt in Beaune gesehen, mit…« Ihr Blick ruhte auf Michel, der merklich irritiert war, dann schlug sie sich mit der Hand auf die Stirn. »Sagen Sie mir, dass Ihr Cousin Ihnen zum Verwechseln ähnlich sieht…«

»Na ja, man merkt schon, dass wir verwandt sind.«

»Mensch, Xavier, und du hast gesagt, ich täusche mich!«

Er lächelte. »Na ja, du hast dich ja auch getäuscht, immerhin dachtest du, dass…«

Die anderen am Tisch waren sichtlich verwirrt, und Ella erzählte ihnen, dass sie Olivier bei einem Schaufensterbummel in einer seiner Filialen mit Frédéric Burgoin gesehen und ihn später mit Michel verwechselt hatte.

»Aber wer hat dich denn jetzt entführt, Joséphine?«, fragte Audrey.

Madame Bernard zögerte, ehe sie sagte: »Olivier. Zusammen mit einem Kumpanen.«

»Mit meinem Auto!« Michel war fassungslos. Leichenblass saß er da und starrte auf die Tischdecke. »Er hat behauptet, sein Wagen wäre kaputt und seine Werkstatt habe keinen Leihwagen mehr. Dieser Schuft, wie kann er nur.«

»Seltsam, dass Manon Ihr Auto an dem Abend nicht erkannt hat«, wandte Ella ein.

»Immerhin war es schon dunkel, und das arme Kind war völlig außer sich vor Angst. Ich weiß nicht, ob ich da unseren eigenen Wagen erkannt hätte«, sagte Audrey Bernard.

»Warum?« Michel sah seine Mutter ratlos an.

»Soweit ich weiß, hat das Ordnungsamt Oliviers Betrieb letzte Woche wegen einer anonymen Anzeige geschlossen, und da ist er durchgedreht. Es war wohl eine Kurzschlussreaktion.«

Ehe die Diskussion erneut entbrennen konnte, stürmten die drei Mädchen herein, Monsieur Lapin und Anton im Schlepptau.

»Oma Josi, feiern wir dieses Jahr alle zusammen Weihnachten?«, platzte Manon heraus.

»Bitteeeee«, fielen Léa und Lily ein. Sie bestürmten ihre Eltern, und ihre Vorfreude zerstreute alle Vorbehalte.

Als die Erwachsenen einwilligten, jubelten sie laut und fielen ihnen allen um den Hals, auch Xavier und Ella.

Xavier fühlte sich an seine chaotische Großfamilie erinnert, bei ihnen zu Hause ging es oft nicht weniger laut und turbulent zu. Er hatte Madame Bernard und vor allem Manon in den wenigen Wochen ins Herz geschlossen und freute sich sehr, dass Mutter und Sohn wieder zueinandergefunden hatten.

»Bitte! Ihr müsst mit uns feiern«, sagte Madame Bernard zu ihm und Ella. »Immerhin habt ihr großen Anteil daran, dass unsere Familie wieder zusammengefunden hat.« Sie tätschelte Anton, den Manon auf dem Arm hatte, liebevoll den Kopf. »Und euer kleiner Held auch.«

»Oh, das hört er bestimmt gerne«, sagte Ella, und der Stolz auf Anton war deutlich aus ihrer Stimme herauszuhören.

Xavier zögerte. »Na ja, wir sind Heiligabend bei meinen Eltern eingeladen. Ich würde sehr gerne mit Ihnen feiern, aber ehrlich gesagt weiß ich nicht, wie ich das meiner Mutter beibringen soll …«

»Du musst es ihr nur richtig erklären, dann versteht sie es bestimmt«, sagte Manon.

Ella überlegte kurz. »Lass mich mal machen«, sagte sie. »Ich werde sie schon um den Finger wickeln und sie überzeugen, dass es viel besser ist, wenn wir am ersten Feiertag vorbeikommen.«

»Wer, wenn nicht du, *ma puce.*«

»Du sollst nicht immer …«, begehrte Ella auf, doch Audrey unterbrach sie.

»*Ma puce*? Man merkt, dass ihr frisch verliebt seid. Wie wär's, wenn du mich mal so nennen würdest«, sagte sie und zwinkerte ihrem Mann zu.

Xavier wandte sich Madame Bernard zu. »Also gut, wenn Ella es hinbekommt, sind wir dabei.«

Die alte Dame stand auf und drückte ihm spontan einen Kuss auf die Wange. »Danke.«

Die beiden verabschiedeten sich und gingen mit

Anton nach oben, der sie umgehend daran erinnerte, dass längst Fressenszeit war.

Später saßen sie noch zusammen mit Anton auf dem Sofa und ließen die vergangenen Tage Revue passieren.

»Wenn ich das Isi erzähle, die glaubt mir kein Wort«, sagte Ella.

»Jedenfalls kannst du nicht behaupten, dass es hier bei uns in Frankreich langweilig wird.« Xavier küsste sie zärtlich aufs Ohr. »Ich freue mich schon auf das nächste Abenteuer mit dir.«

»Und ich mich auf das Telefonat mit deiner Mutter.«

# Epilog

Zufrieden und mit vollem Bauch lag Anton in seinem Katzenkorb im Wohnzimmer und ließ sich die Dezembersonne auf den Pelz scheinen. Er kam gerade von einem Streifzug durch Madame Bernards Backstube zurück und hatte wie immer ein paar Häppchen abgestaubt, die seit seiner Rettungsaktion noch üppiger ausfielen als sonst. Alle lobten ihn für seine große Tat, dabei konnte er selbst nicht genau sagen, wie er den Weg zurück in die Großbäckerei gefunden hatte. Es musste sein untrüglicher Katzeninstinkt gewesen sein.

Er hätte nie gedacht, dass er für Oma Gerda so schnell – und vor allem so guten – Ersatz finden würde. Aber diese Französin war ein Genussmensch und hatte verstanden, dass man ohne leckeres Essen nicht glücklich sein kann. Schon gar nicht als dauerhungriger Kater.

Gutes Essen und Glück sind sozusagen untrennbar miteinander verbunden. Das mussten die Deutschen erst noch lernen. Wenn er das vorher gewusst hätte, wäre er gleich in Frankreich auf die Welt gekommen, aber gut, so übel war Ella auch nicht. Sie war sein Lieblingsmensch, und er hätte sie gegen nichts und niemanden eintauschen wollen.

Schon gar nicht gegen Madame Bernard, die seit ihrer Rettung eine Unart entwickelt hatte, die mit den leckeren Pasteten kaum wettzumachen war. Wann immer sie ihn sah, stürzte sie sich förmlich auf ihn, um ihn zu herzen, wobei sie ihm wie schon Oma Gerda ständig auf dem Kopf herumtatschte, dass ihm schier das Langzeitgedächtnis versagte. Er hatte das stets für eine typisch deutsche Angewohnheit gehalten, aber sie war wohl grenzübergreifend.

Am liebsten hätte Anton ihr dann eine mit der Vordertatze verpasst, doch angesichts der besonderen Umstände (immerhin hatte sie einiges durchgemacht, da musste man schon Rücksicht nehmen) zog er bloß den Kopf ein, klappte die Ohren zur Seite und versuchte so grimmig zu gucken wie Choupette.

Meist gelang es ihm nicht. Nun denn, wie hätte er je der berühmteste Birmakatze aller Zeiten das Wasser reichen sollen? Er hatte weder einen eigenen Instagram- noch einen Facebook-Account und schon gar nicht fünfzigtausend Follower bei Twitter. Nicht mal ein Buch hatte er geschrieben – jedenfalls noch nicht – und konnte auch kein iPad bedienen. Mal ehrlich: Welche Katze wollte das schon?

Er würde niemals sein *private life* für schnöde zehn Kisten Kaviar verhökern. Na gut, im Gegensatz zur Hautevolee-Mieze verfügte er auch nicht über einen Privatjet, mehrere Bodyguards und zwei Dienstmädchen. Obwohl, Ella war locker zwei Dienstmädchen wert. Mit Kaviar konnte man ihn sowieso jagen, und Werbung für Opel oder gar japanische Kosmetik würde er nicht einmal machen, wenn man ihm dafür lebenslang Thunfisch am Fließband versprechen würde. Anton war nicht käuflich. Anton hatte Charakter.

Genau wie Lizzy. Seine Katzenfreundin war von Natur aus schön und brauchte keine abgemagerte Lichtgestalt der Modewelt als Herrchen, das selbst im Hochsommer schwarze Handschuhe trug und im tiefsten Winter eine Sonnenbrille. Lizzy hatte Oma Gerda, besser ging's nicht.

Ach ja, die hübsche Siamkatze fehlte ihm.

Anton war langweilig. Monsieur Lapin saß in seinem Käfig und mümmelte Heu, die anderen waren alle in der Backstube und arbeiteten fieberhaft die letzten Bestellungen vor Weihnachten ab. Morgen war Heiligabend, und es gab noch einiges zu tun.

Da er genug gedöst hatte, beschloss der Kater, nach unten zu gehen und nach dem Rechten zu sehen. Großzügig, wie er war, wollte er seinen Teil zum Endspurt beitragen und seine Mitarbeit anbieten. Doch als er auf die Arbeitsplatte sprang, um zu gucken, was es für ihn zu tun gab, schubste Ella ihn unsanft herunter.

»Troll dich!«, sagte sie nur und blickte nicht mal von den Teigdreiecken auf, die sie gerade mit Marmelade füllte.

Hilfesuchend wandte Anton sich an Xavier, der jedoch so sehr in seine Arbeit versunken war, dass er ihn nicht bemerkte.

»Der Arme! Lass ihn doch«, ergriff Manon für ihn Partei.

Wenigstens eine, die ihn verstand.

Doch Ella blieb unerbittlich. »Tiere haben dort, wo Lebensmittel verarbeitet werden, nichts zu suchen.«

Pfff! Anton hatte gar nicht gewusst, dass sein Lieblingsmensch so blasiert daherreden konnte. Er verstand nicht, warum seine großmütige Geste nicht auf allgemeine Zustimmung stieß. Dabei konnte er hervorragend Schüsseln ausschlecken. Blitzblank waren die hinterher, und von denen, die frisch aus der Spülmaschine kamen, nicht zu unterscheiden, jedenfalls nicht mit bloßem Auge. Das machte ihm so schnell keiner nach. Obendrein verlangte er nicht mal den Mindestlohn dafür, sondern war mit dem zufrieden, was seine Zunge erhaschen konnte. Wo gab's denn so was heute noch?

In seiner Ehre gekränkt trollte er sich nach oben. Vielleicht war Dösen doch nicht die schlechteste Option.

Kurz darauf kam Manon herein, nahm Monsieur Lapin aus seinem Käfig und spielte mit ihm das alberne Kochlöffelspiel. Antons Flusenkumpel war dann nicht mehr wiederzuerkennen und drehte jedes Mal richtig auf. Dem Kater erschloss sich der Sinn von dem hyperaktiven Rumgehopse nicht, daher beobachtete er die beiden nur aus dem Augenwinkel und hoffte, sie ließen ihn damit in Ruhe.

»Willst du nicht mitmachen?«, fragte Manon prompt.

Er kniff die Augen zu und stellte sich schlafend.

Sie kam zu ihm herüber und stupste ihn an. »Was ist? Keine Lust?«

Nachdem er sich ausgiebig gestreckt und gegähnt hatte, stand er kurz auf, machte einen Katzenbuckel, drehte sich dreimal im Kreis und rollte sich wieder in seinem Korb zusammen. War das Antwort genug?

Manon verstand, und nachdem sie das ADHS-Kaninchen noch ein paarmal über den Kochlöffel gejagt hatte, ging sie wieder nach unten.

Den Rest des Tages döste der Kater vor sich hin und wartete sehnsüchtig darauf, dass Ella und Xavier raufkamen. Als sie kurz vor Mitternacht mit hochroten Köpfen und verschwitzten Haaren endlich in der Tür standen, war die Abendfütterungszeit um exakt vier Stunden, siebenundvierzig Minuten und sechzehn Sekunden überschritten. Wenn er nicht so großen Hunger gehabt hätte, dann hätte er die Schüssel nicht angerührt, die Ella ihm gedankenlos hinstellte. Eine Ungeheuerlichkeit. Und nicht die letzte an diesem Tag.

Statt wie üblich noch eine Streicheleinheit für ihn auf dem Sofa einzulegen, fielen die beiden nach dem Duschen todmüde ins Bett und machten doch tatsächlich die Schlafzimmertür zu.

Am nächsten Morgen ging es so hektisch weiter, wie der Abend davor aufgehört hatte. Das Frühstück fiel aus – zum Glück nicht für Anton –, und alle wirbelten durcheinander. Diesmal hielt er sich gleich raus und verzog sich mit Monsieur Lapin verbotenerweise aufs Sofa, was jedoch keiner registrierte. Aneinandergeschmiegt lagen sie da und harrten der Dinge, die da kommen mochten.

Nach dem Mittagessen kam Ella herein und versuchte, den geschmückten Weihnachtsbaum durch die Wohnzimmertür zu quetschen. Ein vergebliches Unterfangen. Tannenbäume waren eben nicht so geschmeidig wie Katzenkörper und konnten sich der Umgebung nicht anpassen. Ein paar Kugeln gingen zu Bruch, Ella fluchte und rief nach Xavier, der im Bad war.

»Wasch machscht'n da?«, fragte er genervt, die Zahnbürste noch im Mund.

»Na, den Baum runter zu Madame Bernard bringen. Oder willst du jetzt noch einen kaufen gehen für heute Abend? Wir haben doch gesagt, wir feiern unten.«

Er nahm die Bürste aus dem Mund. »Mit unserem Baum?«

Ellas Stimme kippte, als sie sagte: »Na, wann hätte die arme Frau denn einen besorgen sollen? In ihrem Versteck vielleicht?«

Sie diskutierten noch ein bisschen, dann manövrierte Xavier den Baum durch die Tür. Eine weitere Kugel löste sich und kullerte über den Holzboden. Anton, der eine Chance auf Bespaßung witterte, schoss herbei und kickte sie quer durch den Raum, bis sie unters Sofa kullerte. Er duckte sich und angelte mit der Vordertatze danach, doch sie lag zu weit hinten. Selbst als er sich auf den Rücken legte, sich mit den Hinterläufen in den Sofastoff krallte und den Oberkörper so weit es ging unter die Sitzfläche schob, kam er nicht ganz hin. Er gab auf, setzte sich und schleckte sich das Fell glatt, das in alle Richtungen abstand.

Der Blick, den Ella ihm zuwarf, als sie die Kugel mit dem Schuhlöffel unterm Sofa hervorbeförderte, kam einer Morddrohung gleich.

Komisch, dass diese Zweibeiner immer nervös und reizbar wurden, sobald der 24. Dezember nahte. Dabei wussten sie doch das ganze Jahr, wann Weihnachten war, das stand in jedem Kalender und änderte sich seines Wissens auch nicht. Der Tag war nicht anders als alle anderen, oder? Nur weil vor über zweitausend Jahren eine Schwangere ihr Kind in der Not in einem Stall zur Welt bringen musste, weil ihr Dussel von Mann kein Zimmer reserviert hatte und wegen der Volkszählung alles ausgebucht war, machten die ein Gewese, das konnte sich kein Tier vorstellen. Jede Kuh kalbte im Stall. Was war denn da schon dabei?

Na ja, wegen dem Gewese waren an dem Tag alle mies drauf und fauchten sich ständig an. So viel Erfahrung hatte Anton ja noch nicht mit Heiligabend, aber nach allem, was er bisher mitbekommen hatte, schien dieser in seinen Augen völlig überbewertete Tag immer gleich abzulaufen:

Um 07:30 Uhr gibt es Frühstück, bei dem alle schlechte Laune haben, weil noch so viel zu erledigen ist. Gegen 08:19 Uhr macht sich die Ehefrau an den Wohnungsputz, während die Kinder widerwillig ihr Zimmer aufräumen und der Ehemann losgeschickt wird, um einen der letzten Christbäume zu erstehen. Um 09:58 Uhr kommt der Mann mit einem Tannenbaum zurück, den die Frau wahlweise zu hässlich, zu kümmerlich, zu krumm oder zu teuer findet, weswegen unweigerlich Ehekrach I folgt. Steht der Baum um 10:39 Uhr immer noch nicht, ist Ehekrach II angesagt, weil man noch in den Supermarkt muss, der sicher schon leer gekauft ist, weil alle anderen auch erst heute losziehen und so tun, als gäbe es die nächsten drei Jahre nichts mehr. Um 12:03 Uhr ist endlich alles gut, aber nicht lange, denn an der Lichterkette, die letztes Jahr noch perfekt funktioniert hat, brennen nur noch sieben Birnchen, und die Christbaumspitze ist unauffindbar. Gegen 15:00 Uhr kommen die ersten Gäste, wahlweise der Onkel, der sich das ganze Jahr nicht blicken lässt und nach dem fünften Schnaps politische Reden schwingt, die kreative Tante mit Basteltalent, die ausschließlich Selbstgemachtes verschenkt mit viel Liebe drin, oder der Weihnachtsmuffel, der die ganze Zeit mit einem langen Gesicht auf dem Sofa sitzt, sich bedienen lässt und den anderen die leckersten Kekse wegfuttert. Dazwischen hockt dann der Teenie-Sohn, der nur gelangweilt am Smartphone hängt, während die gestresste Mutter in der Küche rotiert, weil sie einmal im Jahr meint, sie muss einem Sternelokal Konkurrenz machen, obwohl sie sonst eher à la Mikrowelle kocht. Spätestens um 16:17 Uhr ist die Schwiegermutter beleidigt, weil sich keiner um sie kümmert, was aber nichts zur Sache tut, weil sie auch aus jedem anderen Grund eingeschnappt wäre. Wenn um 17:45 Uhr alle zur Kirche pilgern, wird es kurz ruhig, ehe um 19:15 Uhr die ganze Familie aufgeregt herumwuselt und wartet, bis das Glöckchen klingelt. Um 19:22 Uhr sitzen sie dann happy zwischen Bergen von Papierfetzen und aufgerissenen Kartons und tun kurz so, als hätten sie sich lieb. Sämtliche Kriegsbeile sind per Familiendekret zwangsbegraben, aber nur bis 20:15 Uhr, denn dann kommt der Weihnachtsblockbuster, der immerhin den Vorteil hat, dass die Anwesenden nicht miteinander reden müssen, weil es sonst sowieso bloß Streit gäbe. Oder Ehekrach III. Gegen 22:12 Uhr sind im besten Fall alle betrunken und haben die nötige Bettschwere, um das pseudoharmonische Beisammensein aufzulösen.

Dass so etwas keine Familie auf Dauer verkraftet, versteht selbst der dümmste Afghanische Windhund. Und die sind nun nicht gerade für ihren hohen IQ bekannt.

In der Rue Liegeard 17 war es nicht ganz so. Dort fand an Heiligabend tatsächlich eine echte Familienversöhnung statt.

Großherzig, wie sie war, hatte Madame Bernard ihrem Neffen inzwischen verziehen, trotzdem hatte die Polizei ihn verhaftet. Eine Entführung war nun mal kein Kavaliersdelikt, auch wenn Manons *mamie* behauptet hatte, sie sei freiwillig mitgegangen, um Olivier zu entlasten. Dass sie sich eigenhändig an den Stuhl gefesselt hatte, hätte ihr dagegen selbst der gutgläubigste Gendarm nicht abgenommen …

Um den Großbäcker war es nach Antons Meinung nicht weiter schade, dafür hatte es ihn umso mehr schockiert, als er hörte, dass seine nette Begleiterin mit dem salatgepolsterten Fahrradausguck dem Täter geholfen hatte. Und das alles wegen ein paar Kröten. Heiliger Hundehaufen, dass die Zweibeiner aber auch immer alles so kompliziert machen mussten!

Mit ihrem Sohn Michel hatte die alte Dame sich ausgesprochen und ihn mitsamt seiner Frau Audrey und den beiden Mädchen für heute Abend zum *réveillon* eingeladen, dem traditionellen Weihnachtsschmaus. Es sollte Kapaun mit Pflaumen geben, eine eigenwillige Kombination, wie Anton fand. Aber er durfte sowieso nichts vom Tisch essen – da war Ella konsequent –, also konnte es ihm egal sein.

Manon war schon ganz aufgeregt und freute sich darauf, Weihnachten mit ihren Cousinen zu feiern. Dem Kater wäre es lieber gewesen, Xaviers Mutter hätte Ellas Bitte nicht entsprochen. Dann hätte er heute Abend seine Ruhe gehabt und oben in seinem Katzenkorb ein bisschen gedöst. Von der bevorstehenden Großinvasion war er jedenfalls alles andere als begeistert, immerhin würden sich insgesamt acht Zweibeiner um den Tisch in Madame Bernards Wohnzimmer drängen. Wenn die ihm alle auf dem Kopf herumtatschten, na dann gute Nacht!

Am Ende war es dann doch nicht so schlimm wie erwartet, sondern sogar richtig schön. An jedem Fenster und über allen Türen hingen Mistelzweige, die mit roten Bändern zusammengebunden waren, und mitten im Wohnzimmer thronte der Weihnachtsbaum aus der Ferienwohnung auf einem Tischchen. Die Kratzspuren, die Anton auf dem Stamm hinterlassen hatte, waren in dem schummerigen Licht kaum zu sehen. Darunter hatte Madame Bernard mit der tatkräftigen Unterstützung des Katers eine Krippe aufgestellt. Es hatte ihm großen Spaß gemacht, die Figuren durch die Gegend zu schleudern und so mitzubestimmen, dass der Esel das Christfest hinter der Schrankwand statt im Stall verbringen würde. Beim Jesuskind wäre Madame Bernard sicher nicht so großzügig gewesen.

Manons Cousinen Léa und Lily waren allerliebst, und niemand wagte es, auch nur die Hand in Richtung seiner Schädelplatte zu heben. Dafür hagelte es für ihn Streicheleinheiten und Pasteten, bis der Bauch spannte. Zu Antons Freude zauberte Ella irgendwann noch eine Packung Cat Sticks mit Kabeljau aus dem Ärmel, ein Geschenk von Oma Gerda und Lizzy, das er selbstverständlich nicht verschmähte.

Während der Kater zusammen mit dem Fusselkaninchen auf einer eigens für ihn organisierten Decke lag und sich den dringend nötigen Verdauungsschlaf gönnte, saßen die Zweibeiner um den Tisch und aßen *bûche de Noël* zum Dessert. Die Dinger sahen aus wie modrige Baumstämme, da konnten die Konditoren noch so viel Schokoladenguss oder Sahnepampe draufschmieren. Selbst wenn er nicht pappsatt gewesen wäre, das Zeug durften sie sich getrost ohne ihn einverleiben.

Er hatte gerade die Augen zugemacht und angefangen von Lizzy zu träumen, da stand Manons Onkel auf und schlug mit dem Löffel gegen sein Weinglas, dass Anton schier einen Hörsturz bekam. Mit der Feinmotorik haperte es irgendwie bei den Franzosen.

»Auf die Familie! Auf die Bäckerei, das Honigkuchenrezept und auf unseren Helden Anton!«, rief er.

Alle stießen an und sahen zu ihm herüber. Verlegen gähnte Anton und streckte sich ausgiebig.

Tante Audrey erhob sich und legte einen Olivenbaumscheit in den Kamin. Neugierig verfolgten der Kater und die anderen Gäste, wie sie einen Becher gekochten Weins darübergoss und rief: »*Alègre, alègre! Diéu nous alègre. Calendo ven, tout ben ven.*«

Daraufhin fielen sich alle in die Arme und wünschten sich fröhliche Weihnachten.

Na also, dachte Anton, legte den Kopf auf Monsieur Lapins Flanke und dämmerte zufrieden weg.

## Autorin

Die Autorin, Lektorin und Ghostwriterin Angela Troni hat sich sowohl im Sachbuch als auch in der Belletristik etabliert. Zu ihren Erfolgen gehören die Romane »Risotto mit Otto« und »Spaghetti in flagranti«, das Sachbuch »Am Ende des Kreisverkehrs links abbiegen« sowie ihre Katzenbücher. Die Autorin hat siebzehn Jahre mit ihrem Kater Jarvis zahlreiche Abenteuer erlebt, die sie zu ihren Katzengeschichten inspirieren.

*Angela Troni im Goldmann Verlag:*

Kater Anton und das Weihnachtsglück Roman

Kater Anton und der Weihnachtsengel. Roman

( beide auch als E-Book erhältlich)